大家族四男 6

兎田士郎の
わちゃわちゃ
少年探偵団

日向唯稀／兎田颯太郎

この作品はフィクションです。
実在の人物・団体・事件などに
一切関係ありません。

大家族四男6
兎田士郎の
わちゃわちゃ少年探偵団

contents

⁂ 第一章 ⁂

消えた宝物を探せ！
わちゃわちゃ少年探偵団

1

都心から快特《かいとく》電車利用も含めて小一時間。

都下のベッドタウンの一つである希望ケ丘町《きぼうがおかちょう》には、「キラキラ大家族」と呼ばれる、若くて美麗なゆるふわな美男・兎田颯太郎《とだそうたろう》と彼にそっくりな七人の子供たちが住んでいる。

現在二十歳で高卒社会人の長男・寧《ひとし》を頭に、高校二年生で次男の双葉《ふたば》、中学二年生で三男の充功《みつぐ》、小学四年で四男の士郎《しろう》、小学二年生で五男の樹季《いつき》、幼稚園年中で六男の武蔵《むさし》、一歳半ばの末弟で七男の七生《ななお》だ。

初めて彼らを知る市民町民の手っ取り早い覚え方は、ひー、ふー、みー、よー、いつ、むー、なー。

寧、双葉、充功、士郎、樹季、武蔵、七生だ。

昨年の春に、妻であり母親である蘭《らん》を事故で亡くしたばかりの父子家庭ではあるが、兎《と》にも角にも明るく前向きで家族仲がよい。

常に思いやりと笑顔に溢れ、誰の目から見ても微笑ましい、癒やし系の大家族だ。

そして、そんな兎田家からは、いつも温かい笑い声が漏れてくる。

＊＊＊

濃紺の空に星が輝く夜のこと――。

二組を並べ置き、八人がゆったりと付けるダイニングテーブル。

「ご馳走様《ちそうさま》でした！」

両手を合わせて、いつになく大きな声を出したのは、樹季だった。

透き通るような白い肌に、円《つぶ》らな瞳。少しばかり毛先がくるんと捲かれた天然ヘアも愛らしく、全身で見てもほっそりとした少女と見まごうばかりの美少年だ。

兄弟の中でも一番の甘ったれで、常に「うふふっ」と、魅惑の笑顔を振りまいている。

しかもその笑顔で、親兄弟は愚か、その友人知人までをも意のままに動かす、末恐ろしい天然の可愛い屋さんでもある。

「俺も、ご馳走様！　いっちゃん、早くカードを開けよう！　カード、カード!!」

「そしたら僕が食器を運んでおくから、武蔵はカードチョコを用意して」

だが、そんな樹季も弟たちには、かなり甘々なお兄ちゃん。

これこそ長男・寧から続くブラコンの賜物《たまもの》かもしれないが、それにしても今夜はサービス満点だ。

「はーい！　ドラゴン♪　ドラゴン♪　ドラゴンソード♪」

食べ終えた食器よりも、人気のカードゲーム・ドラゴンソードのバトルカード入りチョコレートを優先していいと樹季から言われた武蔵など、もはや浮かれ踊っている。

そうでなくとも、舞台や人気アニメの原作・シナリオを手がける颯太郎宛に差し入れられたチョコレート菓子を小売り用の箱で見たところから、うきうき、そわそわが止まらない。

園児ながらキリリとした顔立ちのハンサムボーイだが、今夜はもうデレデレのニヤニヤが止まらない状態になっている。

しかし、これがまた天真爛漫《てんしんらんまん》で愛らしい。

「なっちゃも〜っ」

「七生も食べ終わったら、武蔵とリビングに行っていいよ」

「やっちゃーっ！　いっちゃ、あっとね〜っ」

ただ、こうなると兄へ——都合のいいほうへ——続け！　となるのが七生だ。

容姿・性格共に、両親や兄たちのいいところ取りをしたであろう美ベイビーは、愛嬌《あいきょう》がある上に、人見知りしない。

オムツでふっくらとしたアヒル尻をフリフリしながら、悪びれた様子もなく「ふへへへへ〜っ」と笑えば、周りどころか天然小悪魔な樹季をも動かす最強ぶりを発揮する。

兄弟が多いとはいえ、下へ行けば行くほど上を見て学ぶのか、より強い生命力や、愛されるための学習能力、アピール度が高いと感じさせるほどだ。

「武蔵はともかく、樹季はやけにご機嫌だな。大人買いならぬ、小売り箱買いは、今に始まったことじゃないだろうに」

それにしても――と、引っかかりを覚えたのか、充功がぼやいた。

本人にその気はないが、食後のりんごに手を伸ばす仕草一つが様になる、兄弟一のイケメン、モテモテ男だ。

地元界隈では、やんちゃ怖い系を自負する思春期真《ま》っ只中《ただなか》少年ではあるが、些細な言動から家族溺愛、ブラコン気質が大放出されるがために、「俺ってワル系」を信じているのは、もはや本人だけ。

端から見れば、なんて優しいお兄ちゃん！　だ。

ただし、それ故《ゆえ》に兄弟――特に弟たち――は地雷だから、間違っても踏むようなことはするな！　いじめたりしようものなら、ボコ殴りにされるぞ!!　とは、認知されている。

一応、結果オーライだ。

「でも、変に慣れて、有り難みを忘れた横柄《おうへい》野郎になるよりはいいんじゃない？」

ただ、充功の意見は、同じくデザートタイムに入った双葉に軽く流された。

彼もまた、青春真っ盛りな綺麗系の美少年だが、何かとちゃっかりした性格が目立ち、それが無類の人懐こさに繋がっている。

本来ならば、頭脳明晰《めいせき》、学術優秀、その上スポーツも難なくこなし、兄弟の中でも一番の長身というルックスだ。

その上、学校生活では常に生徒会行事に携《たずさ》わり、現在も副会長を務めている。

近年では自分のお小遣いはアルバイトでまかない、その上家計も助け、弟たちにも貢《みつ》ぎまくるスーパー完璧なご次男様。

だが、これだけの完璧さを持ってしても、まったく気取ったところや近寄りがたさがないという、常にいい裏切りを見せている。

「そりゃそうだけど――」

とはいえ、いまいち納得しきれない様子の充功。

すると、デザートまでしっかり食べ終えた士郎が、麦茶を飲みながら話に加わった。

「樹季に限って、周りから可愛く見えない横柄野郎になることは、本能的にないと思うけど。でも、一番の浮かれ理由は、あのチョコレートが今夏限定の最新カード入りパックだからだと思うよ」

兄弟の中で唯一の眼鏡っ子である士郎は、個性的かつキラキラすぎる家族の中にいると埋没《まいぼつ》しがちだが、進学塾の全国模試では満点トップ。幼少時から長男次男はおろか、両親や周囲の大人たちも太刀打《たちう》ちできない高ＩＱ《アイキュー》の持ち主だ。

地元界隈でも「神童」の名をほしいままにし、その正義感と情の深さ、何より理不尽な大人を理詰《りづ》めで言い負かす饒舌《じょうぜつ》さは、身近な子供たちにとってはヒーロー的存在だ。友人知人はおろか、ときには見ず知らずの子供たちからまで名指しで頼られ、慕《した》われる、十歳にして知性派のクールビューティーでもある。

ただし、鉄のブラコン精神は、兄たちに負けず劣らずだ。

特に初めての弟・樹季に関しては、溺愛しすぎて構い過ぎ、天然姫様状態の小悪魔にしてしまったことには、最近責任を感じ始めている。

「今夏限定？　なんか、ついこの前も、レアとか限定とかって言ってなかった？」

――と、ここで話に加わってきたのは、六人の弟たちを物の見事にブラコンに育てた大本の寧。

そもそも生まれたときから父親の颯太郎と瓜《うり》二つだったこともあり、両親はおろか親戚中から愛されて育った、素直で心優しい美青年だ。

ただ、自身が受けた以上の愛情を弟たちに与え続けた結果、六人は絶対長男主義のブラコンになってしまっているが、本人はどこ吹く風だ。

士郎のように「ちょっと甘やかしすぎたかな」などという反省もなく、むしろ全世界を敵に回しても弟死守と家族溺愛を豪語する、キング・オブ・ブラコンだ。

今となっては、母親代わりもこなしている。

「もともとドラゴンソードは、大人から子供まで楽しめるように作られたカードゲームだからね。発売以来人気は上昇、制作側もすごく張り切ってるって、担当さん経由でも聞いてるし。企画ものの発売も、相当先まで見据えて準備していると思うよ」

そうして、最後に話に加わってきたのは颯太郎。

寧がブラコンの大本であるなら、颯太郎は間違いなくキラキラ大家族の大本だ。

美ベイビーが美少年になり、また美青年、美中年になると、これほど見目麗《みめうるわ》しく、周囲に幸福感を与えるのだという、生き見本のような存在だ。

その一方で、イクメンなどという言葉ができる前から、率先《そっせん》して家事や育児をこなしている上に、町内会からPTA活動に至るまで、小まめに参加してきた。

そのため、子供の数だけ、その親世代とも繋がりがあり、気がつけば保護者ネットワークの中心人物として信頼されている。

ただし、本人どこ吹く風で、周囲の目などまったく気にしていないのは、コピーだ、クローンだとまで言われる寧と同じだが――。

「すごいよ、いっちゃん！　キラキラ～」

そうこう話している間に、リビングテーブルでは、バトルカード入りのチョコレート菓子が、武蔵たちによって開封され始める。

士郎たちの視線は、今一度弟たちに向けられることになった。

大人買いでしか得られない小売り箱の中には、最新シリーズのカードが入ったものが三十袋入っていた。

それがリビングテーブルの上にドンと三箱。マニアなら大人でも浮かれそうだ。

しかし、当家での開封は一人一日一袋。仮にカード見たさから余分に開けても、中のチョコレート菓子は一人一日一個までと決められている。

開封も中身もすべて下三人に譲ってくれる父と兄たちだが、口に入るおやつの量は変わらないところまでがお約束だ。

「うん。すごいね、武蔵。ドラゴンソードのコインチョコだよ。キラキラしてるのに、中身はチョコレートで、しかもカードまでついてるなんて、嬉しいがいっぱい！」

歓喜する声に魅《ひ》かれて、士郎が弟たちの手元に目をこらす。

（――なるほどね）

これまで見てきたのは、カードと同じサイズの薄型のチョコレート。

それが、五百円玉よりやや大きい程度のコイン型になっているところが、今夏限定盤の特徴らしいと知る。

「みーてーっ。キラ～」

「本当、キラキラだね」

七生が喜び勇《いさ》んで、寧や士郎たちに見せにきた。

小さな手には一際大きく見えるコインチョコ。

赤茶色のホイルに包まれたそれは銅貨タイプだが、表には龍と剣の紋章が入っており、漫画やアニメに出てくる硬貨とまったく同じだ。

これだけでもちびっ子たちには、たまらない感動だろう。

七生はそれを寧たちにも感じてほしかったのか、未開封のものを差し出した。

そしてそれは、寧の手から充功や士郎へと順に渡っていく。

「敵も然《さ》る者って感じだな。このコインチョコレート販売も」

商魂たくましい企業戦略の結晶を見ながら、充功が微苦笑を浮かべる。

「同価格販売でも、普段のものより包装に一手間かかってるからか、チョコレートのグラムが少なくなってるけどね」

士郎はパッケージの裏を、ある意味マニアックな視点から眺めて、双葉に渡した。

「そこは原価的な問題だろうが、そもそもカード目当ての購買層が、チョコレートのグラムが減ったところで文句は言うまい。むしろ、コイン型の包み紙が金・銀・銅貨で発行枚数が違うってところで、またレアカードとは別の希少価値をつけてる。マジで抜け目がないよ、このメーカーさんは」

双葉は双葉で、一足先にスマートフォンで情報を検索していたらしい。

データと本体を見比べてから、それを颯太郎経由で寧に戻す。

「本当。ありとあらゆる手段で売りに来るね。でも、樹季や武蔵が喜んでるってことは、これもヒット間違いないんだろうな～。やっぱり強いな、人気ゲーム絡みって」

そうして手元に戻ってきたひと袋を、寧は「ありがとう。でも、これも七生たちで開けていいよ」と小さな手に返して、頭を撫でた。

七生は「いいの？」と言わんばかり、躊躇《ためら》いがちに袋を受け取る。

だが、すぐに「ふへへへっ」と笑い、それを持ってリビングテーブルへ戻っていった。

このあたりは感情に素直で、子供らしい。

「すでに発売日の翌日には、品切れを起こしたらしいからね。これを差し入れてくれたラブラブトーイの担当さんも、〝にゃんにゃんチームも負けずに新商品発売を頑張りますから〟って張り切ってたよ」

「そういう意味では有り難いし、頼もしいし、もっといろいろ頑張って！　って、応援しちゃうね。ドラゴンソードの販売元の玩具メーカーって、結局は父さんたちが手がけてるアニメ、聖戦天使にゃんにゃんエンジェルズのスポンサー企業でもあるわけだし。ここの景気がいいのに、越したことないもんね」

「まあね」

寧にしても、家計に直結してくる颯太郎の仕事話には、とても素直だし正直だ。欲望に忠実な七生と大差なく見える。

これには颯太郎だけではなく、双葉や充功、士郎までもがクスクスしている。

今夜も兎田家は平穏《へいおん》だ。

ただ、この辺りで颯太郎が壁の時計に気がついた。

すでに八時半を回っている。

「あ、ごめん。ゆっくりしすぎた。後片付けを頼めるかな？」

「もちろん。仕事に戻って。ここは大丈夫だから」

「ありがとう、寧」

一足先に屋根裏に作られた三階へ向かうことになった。

後片付けなら僕も手伝うから——と、士郎もやる気満々だ。

早速、寧と一緒に席を立つ。

八人分の片付けとはいえ、手際《てぎわ》のよい寧にサポートが三人となれば、あっと言う間に終わる。

熟練者たちの流れ作業とはまさにこのことで、寧たちには「コーヒーとか飲む？」「いいね」「そしたら淹《い》れるね」などという、余裕まで出てくる。

もっとも、ここで解散にならなかったのは、まだリビングで開封を楽しんでいた樹季たちの見守りもあるのだが――。

「あ！　金貨がでたよ、いっちゃん！」

すると、ここへ来て一際《ひときわ》甲高い声が上がる。

「すごい！　武蔵。僕、ずっと銅貨ばっかりなのに！」

どうやら双葉の言っていたレア度の高い大当たりを、武蔵が引いたようだ。

樹季も思わず立ち上がって、覗き込んでいる。

当然、士郎たちの視線も武蔵の手元に釘付けだ。

「そしたら、これはいっちゃんのコインにしなよ」

「え!?　いいよ。それは武蔵の宝物にしな！」

「でも、これのが十円に似てるよ。これは百円？　ううん、五百円！」

「本当だ！　そうやってみると、どれでも嬉しいね！」

「中のチョコは同じだしね！」

だが、世にも恐ろしいコレクターやマニアの存在を生み出す希少価値やら出現率などお構いなしの武蔵と樹季は、キラキラと光るコインチョコを譲り合い、ほのぼのだ。

「でも、金貨は食べずに取っておこうよ」

「うん！　そうしよう!!　でもって、みんなにも公園で見せてあげ……」

「駄目！　そういうレアな物は、外に持っていったら、必ず欲しがる子が出るだろう!!」

これだから危機感ゼロなんだ！

悪気もなく、おかしな問題をうちに引き込むんだ!!

――という部分は大いにあるので、すかさず士郎が待ったをかけた。

一瞬、樹季と武蔵が全身をビクッと震わせる。

「欲しい子全員にあげられるならいいけど、そうじゃないものは絶対に駄目。金貨が当たったとか、出てきたとか、家にあるとかも言ったら絶対に駄目だよ。いい？　わかった！」

「は、は～い」

「わかりました～」

滅多に声を荒らげることのない士郎からのお達しだけに、ここは武蔵も樹季も素直に従った。

とはいえ、これくらいの注意で大人しくなる二人ではない。

「そしたら武蔵。これは、また秘密だね。ふふっ」

「うん。エンジェルムニムニや、龍星座盤があることも言ったら駄目って言われたから、秘密がいっぱいだね～っ」

すぐに人に見せる楽しみから、隠す楽しみにさくっと切り替え、盛り上がり始めた。

これはこれで大したものだ。

士郎からすれば、真似のできない二人の機転の良さだ。

「あ！　そしたら、秘密の宝箱を作ろうか！　内緒の物だけ入れとくの！　どお？」

「それいい!!　秘密の宝箱！　ひとちゃん！　綺麗な箱、なーい？」

「そうだ！　前にもらったキラキラな箱がいいよ。なんか、パカッと蓋が開くのあったよね？」

「え？　キラキラでパカッと蓋が開く箱？」

思いつくまま話を振られて、寧が驚く。

淹れたばかりのコーヒーをダイニングテーブルへ運びつつ、士郎たちに目配せをするも揃って首を傾げる。

「えっとね。あ、美味《おい》しいハムが入ってたやつ！」

「うんまよ～っ」

「あ～っ。頂き物のハムの箱ね。ちょっと待ってて。見てみる。けど、あれってとっといたかな？」

（なるほど！）

士郎は中身のハムしか見ていなかったので、思い出しようもなかった。

だが、言われてみれば想像が付く。

ご贈答用の化粧箱の類《たぐ》いは、凝った作りの物が多い上に、配送対応もあって作りそのものも頑丈《がんじょう》だ。

樹季や武蔵からすれば、そのままでも充分宝箱になり得るだろう。

「わーい、わーい！　宝箱～っ」

「鍵とか付けられるのかな？」

「付けたい、付けたい！　やっぱり宝箱には鍵がないとね！」

「なっちゃも～っ」

寧が廊下に出て、階段横にある物入れを確かめる。

その間も、樹季や武蔵、七生は浮かれて踊っている。

その姿だけを見るなら、インディアンたちの祈祷《きとう》のようだ。

「――なぁ、双葉。一度武蔵に宝くじを買わせてみないか？」

「試す価値はありそうだよな。何かと激レアばっかり引くし」

それを見ていた充功と双葉かニヤリと笑い合う。

すると、即座に士郎が口を挟んだ。

「何、言ってるの。充功どころか、双葉兄さんまで一緒になって。武蔵が引き当ててるのは、毎回お父さんが仕事相手からもらう、製作メーカー直送の差し入れだよ。これって絶対に忖度《そんたく》だって。相手が気を利かせて、わざと入れてるに決まってるじゃない」

「え～？　そうか？　あの手の工場生産の菓子なら、普通小売り用の箱詰めをされたら、わからねぇだろう」

「というか。仮に忖度であっても、うちで開封して当てるのは決まって武蔵だ。樹季や七生はまずないって考えると、それだけでもかなりの高確率ラッキーマンじゃないか？」

「そしたら、今度全員で開封してみようよ。三分の一から八分の一になっても武蔵が当てたら、それはそうとうすごいってことになるし」

そして、コーヒーを飲みながら話を進めていると、

「わ～い！」

「あった！」

「やっちゃ～っ」

無事にハムの箱を見つけてもらった樹季たちの声がした。

しかも、そのままダイニングテーブルまで駆け寄ってくる。

「みっちゃん！　双葉くん！　お願い、これを宝箱にしてぇ～っ」

「鍵も付けてぇ～っ」

「てぇ～っ」

三人揃って樹季仕込みか、語尾の甘い「てぇ～」な、お強請《ねだ》りを炸裂《さくれつ》だ。

見れば武蔵の手には、宝石箱のような片側留めで開閉をする厚手のヒンジという、貼り箱が持たれている。

だが、樹季が記憶していたキラキラは、どうやらハムを固定する下敷きとして加工された金色の厚紙だった。

外見は豪華なハムディナーの写真に銀の箔《はく》押し文字と、これだけで高級感が漂《ただよ》い美味しそうだ、が、武蔵たちのイメージする宝箱ではない。

金色の宝石箱か、海賊船に詰まれているような木製の宝箱か。

いずれにしても、パッケージがハムではないのだ。

「は？　なんで俺らが？」

とはいえ、いきなりの指名に、充功はポカンとしている。

「前に士郎くんのアストロなんとかを、すっごく上手に作ったでしょう。だから！」

「お願いしまーす！」

「ああ、そういうことか。それなら、父さんに頼んで材料をもらおう。確かまだ、キラキラテカテカした紙を、いっぱい持ってたから」

成る程、理《り》にはかなっていた。

充功と双葉は、先だって家族で見に行ったプラネタリウムに出てきたホロスコープのような形をした天文観測機器《アストロラーベ》を、士郎が「ほしい」と言ったことを受けて、ネットで型紙などを検索して、そこからオリジナルのアストロラーベを作ってくれたのだ。

それも市販品に見劣りしない羊皮紙柄の厚紙を使用し、実際測定までできる優《すぐ》れものをだ。

もちろん、完成に至ったのには、もともと創作好きな颯太郎が、製作に必要な材料と環境、何より知識を持っていたことも大きいが――。

「それで結局、張り切った父さんが、せっせと作っちゃったりして」

「〆切りがどうとかでなければ、ありえるな」

いずれにしても、指名の意味がわかると、双葉と充功は快諾した。

話を聞いた颯太郎が、再び目をキランとさせそうなところまで想定済みだろう。

「わーい！　わーい!!」

「宝箱～っ」

「やっちゃ～っ」

そうと決まれば、五人は連れ立ち、まずは颯太郎のもとへ向かった。

双葉と充功に関しては、寧が淹れてくれたコーヒーマグもしっかり持参だ。

士郎は淹れてもらったカフェオレを飲みながら、それを見送っている。

「行かなくていいの？　それともたまには、俺と何かして遊ぶ？」

すると、突然二人きりになったＬＤＫに、寧の声が優しく響く。

それも思いがけない提案付きだ。滅多に巡ってくることのない長兄との二人きりに、自然と士郎の顔にも微笑が浮かぶ。

(寧兄さんとマンツーマン！　遊ぶって何をするんだろう？　オセロとか将棋とか囲碁とかチェス？　いや、この手のゲームだと、かえって疲れちゃうよな？　いっそ運任せでババ抜きとか!?)

脳内で盆と正月が一度に来た状態の士郎は、紛《まぎ》れもなく長男絶対主義のブラコンだ。

誰が一番大事というわけではなく、一人一人がそれぞれに特別な意味や、大切な関係性を持った存在であることがわかる。

「――うーん。あ、でも僕は、今のうちにエリザベスの様子を窺ったり、メールのチェックをしたりしようかな。寧兄さんはゆっくりお風呂に入ったら？　この分なら、七生は寝るまで双葉兄さんや充功が見てくれるよ」

ただ、あれこれ考えたものの、ここで士郎は寧を独り占めにして遊ぶという選択はしなかった。

寧は朝が早い社会人だ。特に平日は六時前には起きて朝食の支度をし、全員が大方食べ終わったところで家を出る。

颯太郎と家事を二分しているとはいえ、子持ちの兼業主婦並みの多忙さだ。

七生が他の兄弟に張り付いているときぐらい、一人でゆっくり過ごしてほしいし、自分の時間そのものも大事にしてほしい。

往復の通勤時間だけがプライベートタイムでは、到底足りないだろうし――。

そんな気持ちもあり、士郎はあえて「自分も好きなことをするから」と主張した。

寧からすれば自室を持たず、常に兄弟の誰かと一緒にいる士郎こそ、なかなか一人になれる時間がない。

そうした時間を極力作って、優先してあげたいと思うだろうに――。

「いいの？」

「うん」

「そう。なら、そうさせてもらうね」

寧は一応の確認はするも、士郎の意図を酌《く》んだようにニコリと笑う。

――ありがとう。

言葉の代わりに、頭を撫で撫で。その上、ハグのおまけつきだ。

（わ！）

いくつになってもこれは嬉しい。十歳なら尚更だ。

士郎も照れくさそうに笑い返す。

「じゃあ」

「うん」

こうして二人は、相手を思い、そして優先し合った。

寧はリビングから続く自室に着替えを取りに行き、そのまま浴室へ。

士郎はリビングの一角に、家族用として置かれているパソコンデスクへ向かった。

颯太郎が仕事で使っていたお下がりを士郎が改造したデスクトップパソコンは、見た目こそ古いが、高スペックでかなり幅広く使える。

ただ、樹季や武蔵も遊びで使用するため、ファミリー用のアカウントではインターネットでのいくつかのサイトとメール、あとはお絵かきやちょっとした幼児ゲームができる程度でしか、画面には表示されない。

それ以外の何かをするときは、士郎専用のアカウントに切り替える。

しかし、今夜はメールチェックだけだ。

電源を入れると、士郎はパソコンが立ち上がる合間にテラス窓へ向かう。

「カァ～」

「みゃん」

カーテンと窓を開くと、ウッドデッキにはカラスと茶トラの猫がやってきた。

まるで、待ってました！　という早さだ。

二匹は士郎を気に入っているのか、昼夜問わず、こうして現れる。

「こんばんは。今日も元気そうだね」

「カー」

「ちゃんとご飯は食べてる？」

「みゃ～っ」

「そう。よかった」

目と目を合わせ、挨拶程度の声かけをし、コミュニケーションを取る。

会話が正しく成立しているのかはさておき、お互いに機嫌がいいのは伝わり合う。

「カァ～」

「みゃ～」

すると、今夜はこれで満足をしたのか、カラスは一度大きく羽を広げてから飛び去り、茶トラは尻尾を一振りしてから闇に消えた。

（いつも会いに来てくれてありがとう）

ふんわりとした優しい気持ちだけが、士郎の中に残る。

気付いたときに限るが、こうして彼らの姿を確認するのも、最近では楽しみのひとつになっている。

（カラスはともかく、やっぱり茶トラはどこかの飼い猫なのかな？　迷子で野生化したとしても、寝床や食事には困ってなさそうだ。きっと裏山在住の野犬たちを中心とした野生動物たちのコミュニティが、すでにでき上がってる。常に協力しあって、生活してるんだろうな。僕たち、人間が知らないだけで。でも、各家庭のペットたちは知っていて――）

二匹を見送り、戸締まりをすると、士郎はあらためてパソコンデスクへ戻る。

ここのところよく使うため、デスクの小引き出しには、士郎のアイテムがいくつか常備されている。

（エリザベス。この時間はリビングでまったりしているのが定番だけど、今夜もそうかな？）

引き出しの奥から取り出し、スイッチをオンにしたのは、市販のペット用玩具《おもちゃ》・犬の気持ちが文字表示されるワンワン翻訳機。

ただし、これは士郎が隣家で飼われる五歳のセントバーナード――雄《おす》なのに間違えてエリザベスと名付けられてしまったが、大変知能の高い犬――専用にデータ改造をし、より細かな感情翻訳を実現したものだ。

そこへ時計機能などを追加し、ベルト装着で手首にも巻けるようしてあるので、腕時計にしては大きいが、そうした用途でも使える士郎渾身《こんしん》の逸品《いっぴん》だ。

犬側の声やその振動を拾い、また士郎からの声を届ける子機のほうは、エリザベスの首輪にセットさせてもらっている。

（え？　もう寝てる。いつもより早くない？）

無線に電池とアナログ使用ではあるが、遠隔操作の距離は五十メートル程度までは伸ばしているので、士郎にとってはトランシーバーの感覚に近い。

だが、明るくなった表示画面を見るも、そこには「ＺＺＺ……」の表記。

士郎は少しがっかりしてしまう。

（あ、そういえば今日の散歩は、充功が連れて行ったんだ。公園で力いっぱい走らせたって言ってたし、そのあとにご飯を食べたら眠くなっちゃうか）

しかし、エリザベスの早寝には、思い当たる節《ふし》があった。

（――ん？　ササミ、美味しい――って。これ、寝言？　エリザベスは夢を見ることがあるみたいだから、今夜は間違いなく最高の気分だろうな）

しかも、表示画面に予期せぬ文字が浮かび上がると、これだけで士郎の気分は上昇だ。

一方的ではあるが、手に取るように様子がわかり、その顔にも笑みが戻る。

と、そのときだ。

パソコン画面の右上に、メールの着信が表示された。

「ん？」

士郎はマウスを動かし、カーソルを合わせてクリックをする。

すると、

〝士郎くんへ。こんばんは。星夜《せいや》です。急にメールをしてごめんね。相談したいことがあります。話は明日でもいいんだけど、先にメールで説明させてもらえる？　上手くできないかもしれないけど……、聞いてほしくて〟

（相談？　――え？　また何かトラブル⁉）

それは士郎と同じ四年二組の男子生徒・青葉《あおば》星夜からのSOSメールだった。

一瞬読み進めるのを躊躇い、マウスを持つ手が止まる。

（……いや、どのみち明日、聞くんだよな？　おそらく、上手く話せないかもしれないから、メールで先に送ってきたんだろうし……。内容によっては、今夜解決できることかもしれないし……）

遅かれ早かれ相談をされるなら――と、ここは読み進めることにした。

士郎は握り締めたマウスのホイールを、人差し指で回していった。

2

夕飯後の一、二時間はあっと言う間に過ぎる。

夏休み目前とはいえ、翌日はまだ学校だ。

士郎は星夜から届いたメールを読み終えると、まずはそのことを伝える意味も含めて、返事をした。

〝星夜くんへ。こんばんは。メールを読みました。話はわかったよ。明日もう一度詳しく聞くし、僕に協力できることはするから。今夜はこれだけでごめんね。士郎〟

短い文章だが、星夜にとっては、これだけでも安心が違うだろう。

星夜が寄こしたSOSは、士郎の想像以上に戸惑いが満ちていた。

〝――あのね。前に見せた僕のアストロラーべのことなんだけど。実はサッカー部の水戸《みと》先輩に貸してるんだ。でも、ずっと返してもらえないの。なんか、他の子から聞いて、見てみたいって言われたから、部活のお手伝いのときに持っていったんだけど……。カッコいいね、すごいね、これ家でゆっくり見てもいい？　って聞かれて。少し迷ったけど、すぐに練習が始まっちゃうし、相手が水戸先輩だから大丈夫かなと思って。いいですよ――って〟

星夜の言うアストロラーべとは、士郎が颯太郎たちから作ってもらったホロスコープ型の天文用とは違い、懐中時計のような形をした航海用の小型測定機だった。

なんでも船乗りだった曽祖父《そうそふ》の形見《かたみ》で、真鍮製《しんちゅうせい》の本物だ。

つい最近、士郎も実物を見せてもらったが、なんとも冒険心やロマンをくすぐる造形の逸品だった。

平たく言えば、中二病《ちゅうにびょう》チックかつファンタジーな世界観に引き込まれ、これを一緒に見た男子たちは、全員が目を輝かせたほどだ。

そして星夜は、それを二つ譲り受けて持っている。

レプリカからアンティークまで価格幅はそれなりだが、士郎がネットで調べた限り、それでも数万円の品が多い。

子供にとっては大金だが、大人からしても、決して安い品ではない。

それにも関わらず、気軽に家から持ち出してしまったのは、星夜自身が二つある安心感と、価格的なことを考えたことがなかったからだろう。

しかも、誉められたことで気もよくなり、多少は迷うも貸してしまった――ということなのだが……。

〝ただ、お母さんは水戸先輩を知らないから、貸したって言ったら怒られそうな気がして。それで、そのときは、お母さんもよく知っている士郎くんなら平気かなと思って、ちょっと貸したって嘘をついちゃったんだ。でも、それはもうバレちゃったし、ごめんなさいはしたし――。で、あのあとお母さんに、ちゃんと貸した子から返してもらいなさいよって言われちゃって。それで先輩に、そろそろ返してもらえますかって聞いたんだけど、そのときはわかったって。でも、それから何日も返ってこなくて……〟

このあたりの話は記憶に新しい。

先日、突然星夜の母親から、「弱気なうちの子を利用しないで。アストロラーベを借りたら、あとは無視なの？　あなたの冷たい態度のせいで、うちの子が腹痛を起こした挙げ句、登校拒否よ」と責められ、一方的に誤解をされて、士郎もそうとう痛い思いをさせられたからだ。

元を正せば、星夜が大好きな星の話に付き合ううちに、手持ちのアストロラーベを見せ合うことに発展。

そこで星夜が、士郎のアストロラーベを見て「それ、どこの付録《ふろく》？　ちゃちくない？　僕二つ持ってるし、士郎くんに一つあげるよ！」と、悪意もなく言い放ってくれた。

ようは、無自覚なままブラコン地雷をドンと踏みつけられたので、ガチギレ罵倒《ばとう》で相手を再起不能にするよりは――と、多忙を理由に、ちょっと星の話に付き合わなくなったのだ。

これでも士郎としては、最大に気を遣ったほうだ。

ただ、元々面倒見がよく、付き合いもいい士郎の〝ちょっと〟から受ける星夜のダメージは、想定外に大きかった。

もともとネガティブな部分もあったことから、悪いほうにばかり考えが進んでしまい、士郎に嫌われた！　となってしまい、腹痛を起こした挙げ句に数日とはいえ登校拒否に繋がった。

それに気付いた母親が、迅速に学校へ乗り込んできて一《ひと》騒動だ。

しかし、この問題に関しては、すでにクラスメイトである寺井大地《てらいだいち》の協力もあり、解決済みだ。

誤解の解けた母親からも誠心誠意の謝罪を受けたし、星夜自身もそうとう反省をして、今では疑心暗鬼《ぎしんあんき》や自虐的《じぎやくてき》な部分がなくなってきた。

むしろ日増しに前向き思考で、用心深くもなっている。

それもあり、こうして士郎も相談に乗っているのだ。

〝だから、大地くんにも相談して、先週二度目もチャレンジしたんだ。けど、ごめん忘れたって言われて。やっぱりまだ返ってこなくて。でも、お母さんからは、ちゃんと返してもらったの？　って聞かれるし。三度も返してって言ったら、しつこいかな？　怒られるかな？　って、考えると怖いし。それとも、水戸先輩の家まで取りに行ったほうがいいのかな？　でも、僕、水戸先輩の家は知らないし――〟

経緯を読む限り、星夜なりにできることはしていた。

相手が六年生というだけで、そうとう恐縮しながらだろうが、それでも何もせずに「助けて士郎」はしていない。

それどころか、真っ先に相談したかったのを、かなり我慢し、段階を踏んでいるのも窺えた。

せっかく本当の意味で仲良くなってきた士郎に、迷惑はかけたくなかったのだろう。

ただ、星夜には、大地のあとに相談できる相手が、士郎しかいなかっただけで――。

〝士郎くん、水戸先輩の家って知ってる？　同じサッカー部の晴真《はるま》くんや優音《はると》くん、勝《まさる》くんに聞いても知らないって言われて。でも、やっぱりそこまでしたら、怒られるかな？　どうしたら水戸先輩と喧嘩《けんか》みたいにならないように、返してもらえるかな？　何か、いい方法があったら教えてください。お願いします〟

最後まで読み終えても、星夜の相談メールには「士郎から先輩に言ってもらえないかな」もしくは「一緒に言ってくれる？」などの、お願いはなかった。

いろいろ察して欲しいことはわかるが、それは自分なりの努力はしたいけど、先輩から嫌われるのは怖いし、この先どうしよう――という意味でだ。

そりゃ、「士郎くんが代わりに言って、取り返してくれないかな？」みたいな期待が、微塵もないかと聞かれたら、微塵ぐらいはあっても不思議はない。

しかし、そこは極力考えないようにし、どうにか自分で解決を――という意思があることは、最近の様子や文面からも酌《く》み取れる。

それで士郎も真摯に対応、できる限りの協力はするよ――と、返事をしたのだ。

とはいえ――。

（水戸先輩か。時系列だけで想像するなら、星夜くんからアストロラーベを借りた何日か後には、サッカー部内で臨時コーチのドタバタ。その後も一九四階段事件で、けっこう騒いだから、本人が言うようにうっかり忘れちゃったが続いたのかな？　そうでなくても、もともとサッカー部で忙しいのに、円能寺《えんのうじ》先生が入院してからは、六年生たちが中心になって下級生たちのフォローをしているし――）

アストロラーベの借り主である六年生の水戸は、サッカー部のレギュラーでミッドフィルダー。どちらかと言えば、部内でも人当たりがよく、気が利いていて、人間関係でも常に間に入って仲を取り持つことが多い少年だ。

また、同級のキャプテン・郷田《ごうだ》や副キャプテン・福元《ふくもと》とは特に仲がよく、部外であっても三人でいるところをよく見かけるが。そこでも水戸は常に二人の間に入り、ときには場を盛り上げ、ときには仲裁《ちゅうさい》に入り、良好な関係の維持に貢献している。

実際、士郎が行きがかりでサッカー部に参加したときも、かなり気を遣ってくれた。

それは士郎の付き添いで参加してきた、大地や星夜に対しても同じだ。

根っから気配り上手な優しい先輩であり、間違っても後輩から物を借りたまま知らん顔を決め込むタイプではない。

（まあ、星夜くんだから、先輩に対して同じことを三度も聞くとか、家まで取りに行くってことに躊躇いがあるんだろうけど。でも、水戸先輩がそれで怒るとは思えないし。むしろ三度も催促《さいそく》させてごめん！　って言ってくれるんじゃないかな？　最悪、壊した、なくしたで、返したくても返せない状況でなければ……）

こうして士郎は、最悪の事態だけは避けられるといいな――と願いながら、眠りについた。

＊　＊　＊

翌朝――。

「じゃあ、またな～」

「は～い。ありがとう～っ」

士郎はいつも通り、樹季と共に登校をした。

家から小学校までは片道二キロ近くあるが、都心のベッドタウンであるこの辺りでは、珍しくもない通学距離だ。

許可を取ればバス通学もできる。

それをわざわざ見送ってから登校をする充功がブラコンかつ隠れ心配性なのであり、またこれに付き合う充功の仲間たちが変わっているだけで、それ以外はいたって普通のことだ。

（それにしても、よく続く――。充功たちって、これで午前中の授業をちゃんと受けられてるのかな？　疲れて寝てたらどうしよう）

「うふふ」

校門を潜ったところで、不意に樹季が手提げ鞄をぎゅっと抱き締めて笑った。

「何？」

「宝箱、楽しみだなって」

なるほど、そういうことか——と、納得をする。

「そうだね。昨夜は充功も双葉兄さんも張り切りすぎて、もう少し待ってだもんね」

「うん。今日か明日にはできると思うって」

樹季は、兄たちの工作宝箱が寝るまでに完成しなかったことで、逆に楽しみが長引き、大きくなったようだ。

当然これには、「そうなんだ！　そんな素敵な物を作るなら、好きなだけ使って」と、ありったけの工作道具や材料を出してきた颯太郎の影響も大きいが——。

「じゃあ、それを楽しみに、勉強頑張ってね」

「はーい」

それでも武蔵や樹季、七生がご機嫌なのはいいことだ。

兎田家にとっては平和の証《あかし》だ。

士郎は上履《うわば》きに履き替え、教室に向かう樹季を見送ると、自分も教室へ向かった。

今朝は星夜も早く来るだろう——、そう思って。

「おはよう。士郎」

「おはよう」

「待ってたんだ。士郎」

しかし、そんな士郎の前に立ちはだかったのは、体格のよい六年生の三人。

郷田、水戸、福元という顔ぶれに、士郎は思わず両目を開く。

この時点で、悪い予感しかしない。

「――え？　おはようございます。どうしたんですか？　またサッカー部で何かあったんですか？」

「いや、そうじゃなくて……」

そう言いつつも、郷田が士郎の腕を掴んで、廊下の隅に引っぱった。

行動は強引だが、そうとう恐縮しているのが、引かれた腕から伝わってくる。

「あのさ。最近、士郎のお手伝いと称して、大地と一緒になって、サッカー部のあれこれを手伝ってくれていた青葉星夜って、確か同じクラスだったよな？」

「はい。そうですけど」

「そしたら、水戸」

「ほら、自分から言えって。これはもう、星夜に謝るのは当然として、士郎にも相談するしかない話だぞ」

だが、ここまでくれば、話の先は見えたも同然だ。

部活外のことで相談があるというなら、これはもうアストロラーベの件だ。

「ごめん！　いや、謝るのは星夜本人になんだけど……。また、こんな話を聞かせる士郎にも、先に謝っとく。本当に、ごめん！」

——やっぱり！

そう思うと同時に、士郎は最悪なパターンを想定し始める。

「実は……。俺、星夜からアストロラーベを借りたんだ。けど、返そうと思って、学校へ持ってきたら、いつのまにかバッグの中から消えちゃって——。思いつく限り探したんだけど、やっぱり見つからないんだ」

（よりにもよって⁉）

アストロラーベは壊す、なくすという事態を超えていた。

もしかしたら、気がつかないうちに落とした可能性もあるが、水戸の顔色を見る限り、盗られた可能性が一番高そうだ。

それも学校内で——。

「え！　なくなっちゃったの⁉　僕のアストロラーベ！」

しかも、こんな時に限って、星夜に聞かれてしまう。

朝から四人で神妙な顔をしているのを見かければ、それは寄ってくるだろうが——。

なんにしても、タイミングが悪い。

星夜は一瞬にして青ざめてしまう。

「……えっ、ど、どうしようっ。あれ、あれ……。夏休みに入ったら、もとの持ち主の家族に見せることになっちゃったのに。うわぁぁぁん～っ」

（もとの持ち主の家族？）

昨夜の説明には、なかったワードだ。

事情が変わったのだろうか、困り果てた星夜が泣きだしてしまう。

「ごめん！　ごめんな……、星夜っ」

これには水戸も釣られたように、しゃくり始めた。

「どうにかするから！　必ず探すから！　本当に……ごめんっ……」

借り物をなくしてしまった水戸のほうも、ずっと責任を感じて追い詰められていたのだろう。

その場で頭を下げると、身体を折り曲げるようにして謝罪の言葉を繰り返した。

士郎が一から状況を知るには、朝のひとときでは、時間が足りなかった。

そこで、その場にいた五人は、放課後に改めて話をしようと決めて解散をした。

だが、泣き顔が晴れない星夜を連れて教室に入れば、当然クラスメイトたちが心配をする。

その場はどうにか誤魔化すも、先に相談を受けていた大地にだけは事情を説明し、放課後は六人で話をすることになった。

今日は部活もなかったので、人気《ひとけ》のなくなった六年一組の教室を選んだ。

窓際にある水戸の席を中心に、それを囲うように五席の椅子を借りる。

まずは、星夜から急展開してしまった家での事情を聞く。

「――そうか。なくなったほうのアストロラーべって、星夜の曾《ひい》お祖父《じい》ちゃんがお世話になった人からもらった物だったんだ」

この場での聞き役は、大地がしてくれていた。

本当ならば、郷田か福元が進行役を――と思うも、二人はしょげかえっている水戸のフォローでいっぱいだ。

士郎は水戸の後ろの席を借り、形ばかりのメモを取っている。

「うん。なんでも同じ船に乗っていた偉《えら》い人で、何かの記念でそのときの乗組員全員に同じ物をくれたみたい。ただ、そのときその人は、もう重い病気だったんだって。それで、一番若かった曾お祖父ちゃんに一個余分にくれたんだ。自分の分まで長生きしろよって。でも、そう言われたら二つのアストロラーべには、番号とイニシャルっぽいのが入ってたんだ。うちにあるのが曾お祖父ちゃんのイニシャルだったから、なくなったほうが、偉い人の分ってことになるんだけど」

星夜は母親から聞いたことを、そのまま話してくれた。

（時代や年齢を考えると、その曾お祖父ちゃんって、やっぱり戦艦乗りだよな？　しかも、これってプライスレスすぎる。換えがきかないよ――）

背景と、この話の先のまで想像してしまったためか、士郎の顔色だけが悪くなっていく。

「――で、それがどうして、今になって持ち主の家族に見せることになったんだ？　なんか、そういうのって、星夜のお祖父さんくらいに来そうな話じゃない？」

大地がふんふんと相づちを打ちながら、更に話を聞いていく。

彼も士郎の中では、最近になってよく話すようになった少年だ。

きっかけは父親が病死し、母子家庭になってから、母親の作る食事がマズくなってきた。味が濃くて食べられたものではないと言って、大喧嘩になり家出。

士郎を頼り、兎田家に駆け込んできたことにあるのだが――。

そもそも味付けが濃くなった原因が、家事に育児に正社員をこなす母の過労によるものだとわかると、心機一転。お手伝い少年に目覚めて、今では率先して家事を習い、掃除などを手伝っている。

そうしたところからも、根っからの親孝行で、優しい少年だ。

また、神童《しんどう》と名高い士郎のことは、ずっと仲良くしたいと思って見ていたらしく、同級生の中ではかなり複雑な心情まで理解してくれる。

何より洞察力《どうさつりょく》に長《た》けていて、思考能力も高い。

成績は普通よりいいくらいだと聞いているが、想像力も豊かで、士郎からするととても頼りになる友人が増えた感覚だ。

「それが、ね。なんか、その記念のアストロラーベを受け継いだうちの一人が、写真と祖父から聞いたいい話として、ネットに載せたんだって。そしたら、それを見た中に、うちにも同じ物がある！　って、名乗りを上げた人が出てきて――。その話が、それぞれの知り合いから知り合いに広がって、偉い人のお孫さんのところまで伝わったんだって」

「すごい拡散力だな。やっぱ、ネットってすごいや」

大地のそつのない会話のおかげか、星夜も話しやすそうだ。

何より、一度は拗《こじ》れた士郎との仲直りに貢献してもらった星夜からすると、大地は大地で特別な友人だ。士郎とは別の意味で慕い、また一目《いちもく》を置いているのが、こうしてみているとよくわかる。

「でも、そのお孫さんって言うのが、うちのお母さんの従姉妹《いとこ》の旦那さんだったの！　で、なんか似たような話を聞いたことがあるな？　って思ったらしくて。昨日の夜、士郎くんとメールのやり取りをしたあとに、その従姉妹からお母さんに電話がかかってきたんだ。

そこからはもう、えー、きゃーの大騒ぎで。電話を切ったときには、夏休みに田舎へ帰るときに持っていって見せるねって約束になって。すごい偶然があるねって、お父さんとも大はしゃぎで――。俺にも〝貸したほうじゃないわよね？　もしそうなら、夏休みまでに返してもらうのよ〟って、ことになって」

「それで家にあるのを見たら……ってことか」

「うん。せめて逆だったら――。曾お祖父ちゃんにはごめんだけど、まだこんなに困らなかったかなって」

こうして星夜の話は一通り終わった。

士郎のメモには、聞いた話とそこから想像できる人間関係や時間の流れが書き記されている。

「ごめん……。そんな大事な物を、俺は――」

「それで、水戸先輩のほうは？」

聞き終えたところで、尚更凹《へこ》む水戸に、大地がすかさず声をかける。

（二学期の学級委員長、大地くんを推薦しちゃおうかな）

士郎の頭にそんなことがよぎるくらい、話運びがいい。

郷田や福元も安心して、この場を大地に任せている。

そして、郷田に肩を叩かれて、水戸が頷きながら、話し始める。

「星夜から借りて、自宅でゆっくり見せてもらって、すぐに返さなきゃって思ってたんだ。けど、最初は単純に持ってくるのを忘れていて——。星夜から声をかけられたあと、サッカー部でのゴタゴタとか、一九四階段のこととか、言い訳にしかならないけど、気が逸《そ》れることが続いちゃって」

この辺りは、昨夜士郎が想像したとおり。

やはり、最初に忘れた原因はうっかりであり、その後は他の問題に気を持って行かれたことだ。

「けど、それでも一昨日の夜には思い出していたから、昨日持ってきたんだ。朝から返しに行けばよかったんだろうけど、一時間目が体育で、昼休みは給食当番で。だから、放課後星夜がサッカー部に来てくれたときか、帰りに返せばいいかなって思ってたんだけど。部活の着替えをしようと思ったところで、ないって気がついて——」

士郎は大地と水戸の話からも、メモを取っていく。

「それで、アストロラーベはずっとランドセルに入れていたんですか？」

「いや。教科書とかが当たって、傷がついたら大変だと思ったから、タオルに包んでスポーツバッグに入れてきた」

「誰か、先輩がアストロラーベを持ってきたことは、知ってましたか？」

「……朝、体操服に着替えるときに、一度タオルごとバッグから落ちちゃって。そのとき、席の周りの子たちが気付いたから、結局〝何々、見せて〟になった……。それこそ、どうやって測るんだろうって、教室を船に、校庭を海に見立てて、それっぽいことしてみたりして」

「そしたら、その場にいた一組、二組の男子全員がアストロラーベのことを見て知っていて。話だけなら二クラスの女子にも伝わっていて、おかしくないってことですね」

「まあ……、うん」

士郎が聞きたいと思うことは、これという打ち合わせをしたわけではないが、大地がすべて聞いてくれた。

彼なりに朝から考えていたのだろう。士郎はそのまま耳を傾けた。

星夜も固唾を飲んで、水戸と大地のやりとりを見守っている。

「郷田先輩は三組、福元先輩は四組ですけど、この話って聞きましたか？」

すると、大地の問いかけは付き添いの二人に移った。

士郎は、顔を見合わせている二人の答えを待って、いったんペンを止める。

「――いや。俺は昨日の夜に、水戸から相談されて知ったかな……。福元は？」

「俺も学校では、水戸がアストロラーベを持ってきていた話は聞いてない。郷田と同じで、夜になってからグループチャットで知ったから」

「そしたら、話は二組の中でほぼ終わったってことなのかな？　けど、これればかりはわからないし、話を知る機会だけなら、校内全員の先生や生徒にある。これが盗難なら、学校に出入りできる全員が容疑者ってことになっちゃうのかな？　士郎」

ただ、二人の話を書き留めたところで、大地は士郎を名指しにしてきた。

「――ん？」

「いや、だから。ここは〝神童士郎と少年探偵団〟の出動だろう！　事情聴取は終わった。あとは士郎が推理を炸裂《さくれつ》して、犯人捜しの指示をしてくれれば、俺たちが全力で聞き込み隊として動くよ」

当然という口調に驚き、顔をあげた士郎に、大地が満面の笑顔を見せる。

これにはなぜか、星夜や郷田たちまで期待に満ちた表情だ。

士郎同様、戸惑っているのは水戸だけだ。

「は？　え？　いつからそういう話になったの？」

「最初からでしょう」

「いやいや。大地くんの考えを尊重――というか、意見も聞くなら、容疑者には僕たち全員が含まれるってことでしょう。容疑者が犯人捜しとか、言える立場にないじゃない」

「でも、それは形だけだろう。俺たちが盗る理由はないし、そもそも俺たちだって、昨日のうちにアストロラーベの話なんて聞いてないじゃん？」

朝からずっと事件の予想をし、自分なりの推理《すいり》もしたのだろうが、士郎からすれば矛盾がありすぎる。

　真っ向から否定をする気はないが、かといって全面的に肯定もできない。

「聞いていないって、どうやって証明するの？」

「え？」

　士郎は持っていたペンを置くと、代わりに眼鏡のブリッジに手をやり、クイと押し上げた。

　瞬間、大地だけでなく、その場の全員が条件反射のように身構える。

「確かに僕らのクラスにも、そんな話は流れてこなかった。けど、だからって知らなかった、容疑者には当てはまらないでしょう、は通じない。これればかりは一人一人の言い分を、信じるか信じないかって話になるから、物的証拠やアリバイがない限り、完全に無関係だは言い切れないよ」

　そうして、士郎による矛盾潰しが始まった。

　しかし、これは大地の努力を真っ向から無にしたいわけではない。

　単純に、ことの舞台が学校内だということを、最大に考慮しただけだ。

「けど、それなら、お互いに証明できるよ？」

「そしたら、友達同士で話を合わせて、嘘のアリバイを証明し合うこともできる。まあ、これは最悪な見方に徹した場合の話になるけどね」

普段とブレることのない、淡々とした説明に、大地も「あ……」と漏らす。

「え？　でも、そしたらどうすればいいんだ？　これって、どう考えても、誰かに盗られてるよ？　朝、ここでバッグの中にものがあることを確認して、でも放課後にはなくなっていた。その間、先輩がアストロラーベをバッグから出したことはない――、んですよね？」

今一度、大地が水戸に確かめる。

「う、うん。バッグを弄《いじ》ったのは、体育の授業の前後だけで。あとは放課後、部活で着替えようとしたときに、開けただけだから」

「一時間目が終わったときには、まだバッグに入ってたんですか？」

「アストロラーベを包んだタオルは、きちんと入っていたと思う。けど、そのときは、すぐに二時間目になるし、アストロラーベ自体は確認してないから……」

「そしたら、そのときにはもう盗られてた可能性もあるし。あとは、三時間目の音楽の教室移動？　給食当番で、席から離れてた時間も疑わしい？」

大地はこのクラスの時間割まで、しっかりチェックしていた。

だが、肝心なことを見落としている――と思いながら、士郎は二人の話を聞いていた。

「いや、だから。そういうことを考えると、同じクラスの友達を疑うことになるだろう。俺は、それだけはしたくないから、どうしたらいいのか、士郎に相談したかったんだ」

「――え？」

そう。水戸自身の気持ちだ。

大地は、消えたアストロラーベの行方《ゆくえ》ばかりを気にして、水戸がどんな解決を望んで、士郎に相談してきたのかまでは、考えていなかったのだろう。

しかし、それは仕方がない。

朝一番に相談を持ちかけられたのは士郎であって、大地は士郎と星夜からアストロラーベがなくなった経緯を聞いただけだ。

士郎にしても、この時間までに、幾度となく水戸の発言を思い起こして、繰り返し脳内で再生していなければ、気がつかなかったかもしれない。

朝から今に至るまで、一度として水戸はアストロラーベを「盗まれた」とは言っていない。

それどころか、あえて避けるような言い回しを繰り返している――ということに。

「だって、誰だって嫌だろう。泥棒したって疑われるのは。それに、俺も、そんなふうには思いたくないし……。もし、自分がそんなこと言われたら、めちゃくちゃ傷つくっていうか、人生狂うっていうか。誰も信じられなくなっちゃうから」

「水戸先輩」

大地もようやくそれに気付いたようだ。

張り切りすぎて、「盗難」と言ってしまったことに、すぐに反省を見せる。

「――ごめん。自分が悪いのに、何言ってるんだって話だよな。わかってる。けど、俺は四年生のときに、希望ヶ丘に転校してきただろう。実は、それって……、母さんがママ友同士で、その……。時計を盗った、盗らないのトラブルがあって、具合が悪くなっちゃったんだ。それで父さんがこのままだと母さんがよくならないから、引っ越そうって」

とはいえ、友人や先輩のためを思い、知恵を絞っていた大地が悪いわけではない。むしろ、感謝しているからこそ、水戸もこんな話を始めたのだろう。

いきなりの内容には、士郎も郷田たちも背筋を伸ばしたが――。

「俺の母さんは、疑われた側なんだ。それで、疑ったほうがボスママみたいな相手だったから、それがママ友いじめになってさ……。何かとヒソヒソされたり、家の前にごみを置かれたり。家電にも嫌がらせがあって。俺もボスママの子から〝泥棒の子供〟とか〝泥棒親子〟って言われて、いじめられた。そのせいで、一度はサッカーもやめたんだ」

聞けば、怒りしか湧いてこないような内容だった。

しかし、今初めて耳にするような話かと言えば、そうでもない。

士郎たち兎田家がここへ越してきたのは、五年前だ。

当時は今では考えられないほど保護者同士の摩擦が大きく、特に先代からの地元住民と新興住宅地に越してきた住民との間では、何かにつけていざこざが起こっていた。

今でもその名残が消えたわけではない。

中でも「ママ友」と呼ばれる母親同士のグループの存在や派閥の強弱は、子供たちの学校生活にも少なからず影響していた。

それを初めて出席した懇談会で目の当たりにした蘭など「女子校かよ」と、呆れたようにぼやいたほどだ。

次から颯太郎を代わりに参加させたのは、ある意味彼女の策略だ。

〝これ以上の毒消しはないでしょう。天然癒やし男の人タラシ破壊力を知るがいい！〟

しかも、それが週末の授業参観だったことから、人手が足りないを口実に、当時中学生だった寧にまで、双葉と充功の教室を回ってもらった。

ゆるふわピーナッツ父子の相次ぐ登場に、一瞬にして教室内の空気が春めいたというのは、今でも当時を知る母親たちの間では語り草だ。

〝本当に、困ったものよね。子供は大人が作った世界でしか生きられない。それなのに、どうしてか子供の頃に嫌だと感じた世界を、大半の大人が作っている。作り手の一人になってしまっている現実を見て見ぬ振りで――。やっぱり作る側になると、嫌なことは忘れてしまうのかな？　全部なかったことにしていかないと、長い人生を生きていくには、辛いし。理想を追うより、流れに沿うほうが楽なことって、たくさんあるものね――〟

マウントを取り合う母親たちを見ていた切なそうな蘭の顔は、超記憶力などなくても、忘れられないと思う。

ましてや士郎自身も希望ヶ丘へ来る前には、幼児のくせに頭や記憶力がよすぎるという理由から、いじめに遭った。

それこそ子供同士のみならず、その母親たちからまで、異常だ障害じゃないかと気味悪がられて、泣き暮らした日々がある。

中には専門の病院を勧めてくる保護者までおり、両親がマイホーム購入を理由にここへ越してきたのは、これらの悪環境から士郎や子供たちを守り、いったん生活をリセットさせる目的が一番だった。

「もちろん！　母さんは何もしてないし、実際盗られたって騒いだ時計も、ボスママのうっかりで、ファミレスに置き忘れていただけだった。けど、それがわかってもボスママはヘラヘラ笑って、ごめんなさ～いって。それどころか、あなたの行動が紛らわしいからよとか言って。ママ友いじめした連中も、疑いが晴れてよかったわね～とか。私は信じてたのよ～とか。とにかく、こいつら信じられねぇ！　みたいなこと親子揃って平気で言って、全部なかったことにしたんだ」

士郎には、水戸の気持ちが痛いほどわかった。

だが、それは士郎に限らず、この場にいる四人にしても同じだろう。

人間社会で十年も生きていれば――。

いや、十年程度しか生きていなくても、大なり小なり、人が持つ残酷で醜い部分に触れては、衝撃を受けて、傷つくことがある。

正直、素直が美徳とされる子供の世界なら、なおのことだ。

特別意地悪でなくても、日々の環境から起こるストレスを、コントロールできずに爆発させる子供は常にいる。

「でも、そういうのが、母さんには、もっと辛かったみたいで……。疑いが晴れても、具合はよくならない。外でばったり会ったら嫌だからって、買い物にもいけない。とにかく俺も、周りの子が信じられなくて――。見て見ぬ振りで、助けてくれなかった先生なんて、本当に大嫌いになっていて。この希望ヶ丘に来なかったら、今でも家に引きこもってると思う。母さんも、俺も――」

水戸やその母親が受けた仕打ちも、相当なものだった。

さぞ、父親だって悩み、苦しんだことだろう。

引っ越しという決断が妻子を守り、また禍《わざわい》も福と転じたのだろうが、士郎から言わせれば、これほど理不尽なことはない。

なぜ、加害者側が生活を変えることなく、被害者側が逃げなければいけないのか？

これを「逃げるが勝ち」と言ってしまうのは、どうにも納得がいかない。

せめてもの救いは、今の水戸が笑顔でいることだが――。

「でも、転校早々の自己紹介で、俺が元サッカー部だったって言ったら、郷田や福元が部活に誘ってくれて。部活仲間のお母さんたちも、円能寺先生も、すごく俺や母さんによくしてくれて――。それに、その頃は充功さんが六年生にいて、めちゃくちゃ校内を締めてただろう。ちょっとどこかで何かあっても、俺はいじめとかすんげぇ嫌いでさ――の一言で終わらせて。喧嘩も聞きつけると、すぐに間に入ってくれるから、仲直りも早くて。無視とかいじめにもならなくて……」

話し始めは、胸の奥にしまい込まれていたであろう鬱積《うっせき》を、辛そうに吐き出していた。

しかし、その後の水戸は、感謝の気持ちや喜び、今の幸せを伝えてくれる。

士郎としては、充功の名前まで出てくるのは、気恥ずかしいが――。

いじめられた幼稚園時代は、随分自分も助けられた。

充功が今のように「怖い、強いお兄ちゃん」に見られるような振る舞いになったのも、元はと言えば、新たな土地で士郎をいじめから守るためだ。

そういう意味では、寧や双葉も全力で弟たちを守ってくれる。

だからこそ、士郎や樹季、武蔵も弟を全力で守ることが身についていく。

「何より、士郎のお父さんとお母さんって、保護者の中では最強だろう。まるで北風と太陽の勢いで、モンスターなんとかみたいな親も大人しくさせちゃうし。だからって、ボスパパとかボスママとかでもなくて、いつもニコニコして、キラキラしてて。でもって、それは二年生にして、なんかこう、すでに神童オーラバリバリの士郎も同じで。いつの間にか、ここって安心できる学校だな、町だなって思えて、俺も母さんも元気にしてもらったんだ。本当、この学校も町も大好きだ」

しかし、話が本題に戻り始めると、水戸は双眸に溜まっていた涙を零した。

「――それだから、クラスや学校の誰かを疑うのは嫌なんだ。もしかしたら、盗ってもいないのに、盗ったんじゃないかって疑われる子が出てくるのも怖いし。そんなこと言って、本当にはお前が盗ったのに、盗られたって嘘を言ってるんじゃないかって疑われてたらまで考えちゃうと……」

自分が大嫌いな加害者になるのは絶対に嫌だ。

だが、それと同じくらい、また被害者になるのは嫌だし、何より怖い。

水戸が言葉遣いに敏感なのは、受けた傷の深さの表れだ。

人並み以上に気を遣うのも、優しさと同じほどの自衛かもしれない。

「水戸」

「……だよな」

上手く言葉に出せずとも、水戸が言わんとすることは郷田や福元にも充分伝わる。

「俺が悪いのは……わかってるんだ。俺がなくしたことに変わりはないから……」

「水戸先輩」

「……」

それは星夜や大地にしても同じだ。

ふと、大地が士郎に「どうしたらいい？」と問うように、視線を向ける。

「えっと……。そうしたら、みんな思うところはあるだろうけど、まずは紛失物として、探したらいいんじゃないですか？」

士郎は特に表情を変えることなく、さらりと答える。

「え!? 紛失物」

大地のみならず、誰もが〝どうやって盗られたアストロラーベを取り返そう〟と考えていたのだろう。

言葉は選ぶも、それは水戸も同じだ。

思いのほか驚いている。

「はい。僕が思うに、これまでの話からして、アストロラーベが先輩のバッグから故意に抜かれた可能性はあります。ここは否定しません。けど、先輩が気付かないうちに、バッグから落としてる可能性もゼロではないです。それに、先輩が気がつかないまま落とした物を、いいもの見〜つけた〜で、拾って持ち帰ってしまった子がいる可能性もゼロではない。これって、考えようと思えば、いくらでも先輩のバッグからアストロラーベが消えた、どこかに行ってしまった理由が想像できると思うんですよ。事実は一つかもしれないけど、可能性だけならなんパターンもあるってことです」

士郎は現場が校内だけに、安易な盗った盗られたを避ける意味もあるが、まずは多数の可能性があるという現実を明確にした。

その上で、この場はあくまでも「なくした物を探すための相談」であること、また今後の行動もそうであることを主張したのだ。

「そ、そうか！　まずは、それだよな」

「うん。俺たちがそういう気持ちで探す分には、仮にいっときの悪に支配された奴がいたとしても、返しやすいって言うか。落とし物として提出しやすいよな！」

郷田と福元は、すぐに士郎の意図を理解した。

実際、盗られたにしても、これぞ本音と建て前だ。

彼らはこうして、大人への階段をまた一歩上る。

「うんうん！　さすがは士郎！　やっぱり名探偵だ!!」

「だよね！　僕としては〝これ見つけた！〟で、返ってくればいいことだし。水戸先輩の言う、疑ったり、疑われたりって言うのが怖いのも、すごくわかるから」

大地や星夜にしても、それは同じだ。

自身でそこまでは考えられなくても、士郎の提案がいいか悪いかくらいは、判断ができる。

選択肢を与え、説明する側が誤りさえしなければ、子供なりに正しいと感じる事柄は選べるのだ。

「そしたら、まずは俺たちで一生懸命探そう。でもって、校内中に俺たちが探してることを知ってもらって。できれば、全校生徒に手伝ってもらうってどお！　明日一日、わちゃわちゃ騒げば、明後日《あさって》には〝こんなところにあったよ！〟って、なるかもしれないし」

「いいな。そうしよう！」

大地や郷田たちは、完全に視点を変えて動き始めた。

犯人探しではなく、品物探し。

とにかくアストロラーベが出てくることを第一に考え、それ以外のことは、それからだ。

仮に、想定外のゴチャゴチャが起きてしまっても、そのときはそのときで考えればいい。

また士郎を中心に、こうしてみんなで話し合えばいい——というのは、全員一致だ。

「けど、まずは俺がなくしたってことだけは、先に星夜のお母さんにも言って、謝っておかないと駄目だよな。もちろん、自分の親にも言わないと……、だけど」

それでも水戸は、自分の責任だけは忘れていなかった。

「でも、先輩がなくしたわけじゃないのに!?」

「いや、借りた俺が、こうして返せなくなってるんだから、そこは一度謝らなきゃ。その、正直に話して——」

「水戸先輩」

この曲がりのない誠実さがあるからこそ、郷田や福元だけでなく、大地や士郎も心から手伝い、助けたいと思うのだ。

「僕も一緒に謝ります！」

そしてそれは、星夜にしても同じだった。

「え!?　星夜が？」

「うん。一緒に探すし、必ず見つけるからって、お母さんに説明する。だから、先輩を怒らないでって、先輩のお母さんにも一緒に言います」

「いや、星夜は全然悪くないし。貸してって言ったのも、返すのを忘れて、なくしたのも俺だし」

しかし、これには水戸が一番驚いている。

士郎でさえ、大地と顔を見合わせてしまったくらいだ。

「でも、僕は士郎くんにアストロラーベを貸したって嘘を言ったり、無視されてると思い込んで、勝手に落ち込んだり。それで、お母さんは勘違いをして、学校まで怒鳴り込んだんだよ。士郎くんにも酷いこと言って……。でも、士郎くんは僕が本当のこと言って謝ったら、ちゃんと許してくれた。士郎くんのお父さんも、誤解が解けたらそれでよかったって、笑ってくれた。そしたら、今度は僕やお母さんだって、そうじゃないと駄目でしょう！」

ただ、星夜には星夜なりの考えがあった。

一度は士郎を本気で怒らせ、それ以上に泣かせるほどのやるせなさを与えた彼だからこそ、それを機に大きな反省と成長をしたのだろう。

許し、許される意味と、大切さを得たのかもしれない。

「だから……。勝手に家から持ち出して、学校に持ってきて、水戸先輩に貸した僕も悪かったからって」

（星夜くん）

士郎は、思いがけないところで、胸が熱くなった。

自然と口元に微笑みが浮かぶ。

「もう、そしたら俺たちも一緒に謝りに行くよ！　な、福元」

何やら感化された郷田も、声を上げた。

「おう。とにかく一緒に探すから、少しだけ待ってくださいって言おう」

福元もそれは同じだ。

言葉にならない思いで通じ合う。

「郷田。福元」

「俺も一緒に行く！　行きます!!」

「大地も？」

「そもそも水戸先輩がいる前で、サッカー部の時間に士郎や星夜のアストロラーベの話をしたのは俺だし。水戸先輩に聞かれて、一度見せてもらったらいいですよって言ったのも俺だから！」

「――ごめん。そっか。ありがとう」

ようやく水戸にも笑顔が見え始める。

そしてそれは、いっそう士郎の笑顔をも大きくさせる。

「そうしたら、このままみんなで行きましょうか」

士郎はそう言うと、ペンを挟んでノートを閉じた。

「士郎」

「とにかく明日から数日は朝と休み時間、それと放課後は精一杯探しますのでって、言いに」

そうして席を立ち上がると、窓の外からは「カ～」とカラスの鳴き声が聞こえた。

それが士郎の耳には、いつになく穏やかで優しいものに感じられた。

（もしかしたら、見守られてるのかな？）

――などと、思えるほど。

3

その日の夜――。

寧が残業のために、帰宅が八時を回ることから、士郎たちは先に夕飯を済ませていた。

颯太郎は仕事もあるので、テキパキと後片付けを済ませて、寧の顔を見たところで、仕事部屋へ上がった。

ダイニングテーブルには一人分の食事だけが残っている。

「――え⁉　それで星夜くんのお母さんが、水戸くんのお母さんに説明するのを、付き添ってくれたの？　水戸くんのことを、怒らないでくださいって言うために」

しかし、寧が一人で食事を摂ることはなかった。

双葉から士郎は一緒に席へ着き、また樹季から七生はリビングで遊んでいる。

そして士郎は、夕飯の準備を手伝いがてら、先に颯太郎に話していたアストロラーベの件を、あらためて寧や双葉、充功に聞かせた。

寧は箸を進めながらも、子供たちだけで話し合って決めたこと、また行動したことに驚いたり感心したりして見せている。

「――うん。高価な物っていう以前に、もはや値段の付けられないような品物でしょう。でも、実際探しても見つからなかったら、どうしても弁償《べんしょう》がどうのって話になっちゃうじゃない。大人同士では」

「まあ、そうだよな。こればかりは、子供たちだけで話し合って納得ってわけにはいかないし。そうでなくても星夜のお母さんは、その従姉妹さんや旦那さんにアストロラーベを見せるって約束もしてるわけだから」

双葉も感心していたのは、寧同様だ。

ただ、ここへ来て星夜の母親が自《みず》ら動いてくれたことには、驚きのほうが上回っていたようだ。

理由はわかるが、学校へ怒鳴り込んだと聞いたときとはだいぶ印象が違っているからだ。

「それで、水戸のお母さんには、上手く説明できたというか。結果として、どういう落としどころになったんだよ」

充功も、どちらかと言えば、双葉寄りの反応だ。

ただ、今は最終的にどうなったか、というほうが気になったらしい。

幾分身を乗り出して、士郎を急かす。

「全力で探して見つかったら、ああよかった。見つからなくても、これ以上この話はしない。星夜くんも水戸先輩も心から反省してるし、実際懲《こ》りてるだろうから、それでおしまいってことになった」

「弁償なしで治まったのかよ⁉」

「うん。もちろん、水戸先輩のお母さんは、何かしらさせてくださいって主張したよ。そんな大切な物をなくして、なかったことにはできないって、すごく謝って。けどね、そうしたら星夜くんのお母さんがにっこり笑って――」

真剣に耳を傾ける兄たちに、士郎はつい数時間前に見聞きした様子を交えて、嬉しそうに話を続ける。

〝いえ、事実は残りますよ。決して、すべてをなかったことに、とは言っていません。でも、星夜たちの話を聞いたら、アストロラーベには変えられない宝物が、すでに生まれて、手元にあるじゃないですか〟

〝――宝物？〟

〝学校内の誰も疑いたくない。疑うことなくできる限りのことをしようっていう子供たちの気持ちは、何より尊《とうと》いと思います。アストロラーベ一つでは、替えが効きません。それに、正直言って、星夜がこんなふうに考えられるようになったことのほうが、私には驚きも感動も大きくて……。これって、水戸くんや士郎くんたちのおかげだし、私からすれば、もう充分かなって〟

つい先日、士郎を相手に荒ぶった青葉だが、それでも我が子の様子は日頃から気にかけている母親だった。

星夜のマニアックすぎる星の話には付き合いきれなくなっていても、多忙や無関心から目を背《そむ》けている親ではなかったので、子供の性格やこれまでの学校生活、立ち位置なども把握していたほうだ。

それだけに、ここのところ星夜が見せる心の成長が、誰より嬉しかったのだろう。

彼女が社交辞令で言っていたわけではないのは、その声色や笑顔からも充分伝わってきた。

〝青葉さん……〟

〝水戸さんご自身の気持ちも、すごくわかります。私が同じ立場なら……と、思うので。でも、星夜が言った、私たちの失敗を士郎くんや兎田さんが許してくれたのに、うちが許さないなんて駄目っていう気持ちを、酌んでいただけないでしょうか？　今は子供たちが、認めたり、許したり、許されたり。信じ合ったり、協力し合ったりってことが、できていることを、一緒に喜んでほしいんです〟

水戸の母親からすれば、突然水戸親子や士郎たちに訪ねてこられて、最初はかなり戸惑っただろう。

しかし、青葉の説明や本心を聞くうちに、内容を把握し、また納得ができたようだ。

〝そして、これを機会に、親同士も仲良くしていただけたら、私も嬉しいし助かります。私は仕事ばかりで、ママ友と呼べる人もいないし。せめて、日頃気軽に立ち話をできるくらいの交友関係があれば、もっと幅広い目で子供たちのことが見られた。知ることもできていたと思うので――〟

最後は、

〝わかりました。本当に申し訳ありませんでした。改めて、今後は親子共々よろしくお願いします〟

そう言って、深々と頭を下げていた。

その瞬間の星夜や水戸たちの安堵した顔は、いっそう士郎を笑顔にしたものだ。

「――そうか。それで、ひとまず水戸くんのお母さんも納得の上で、謝罪は終了になったんだ」

説明を聞き終えた寧も、ホッとした様子だ。

箸を揃えて置くと、両手を合わせて「ご馳走様でした」と唱える。

「うん。あとは、水戸先輩のお母さんがね。そうしたら今度、自宅に招待させてください。探し物が落ち着いたら、子供たちも含めて、みんなでご苦労さん会みたいなホームパーティーをしましょう――って言って。その用意だけは、自分のほうでさせてくださいってことで、星夜くんのお母さんも了解になったんだ。ママ友のホームパーティーにお呼ばれするなんて初めてって言って、ニコニコしてた。実は私も初めて開きますって、水戸くんのお母さんが笑ったところで、僕らも笑っちゃったよ」

「それは、本当によかったね。水戸くんも星夜くんも、さぞホッとしただろうし。もちろん、士郎や大地くん、郷田くんや福元くんも」

「うん！　あ、これは僕が片付けるから、寧兄さんは座ってて」

「ありがとう」

士郎は、まるで「聞いてもらった御礼」と言わんばかりに、麦茶だけを残して、寧が食べ終えた食器を流しへ持っていく。

そのまま洗い、専用の布巾《ふきん》で拭き、棚へ戻すところまでしっかり終える。

これだけでも、寧にとってはありがたいことだ。

それを見ていた双葉が、すかさず麦茶を継ぎ足す。

「あとはアストロラーベが見つかれば――か」

しっかり四人分継ぎ足した双葉が呟いた。

その傍らで、充功が手元に置いていたスマートフォンを弄り始める。

「そしたら、希望小に弟や妹がいる奴らにメールしといてやるよ。明日士郎たちが、紛失物の大捜索をするから、よかったら手伝ってくれって。なんか、あっちこっち持って移動したから、校内のどこでなくしたかよくわからなくて、すげえ困ってるからさ――。とかなんとか言っとけば、より返しやすいだろう。万が一、盗られたんだとしても」

「充功」

士郎が席に戻ったときには、すでに送信がされている。

「――それいいな。なら、俺も。今夜のうちに、明日の大捜索を拡散させておけば、やばいと思って、めちゃくちゃ見つけやすいところに置いといてくれるかもしれないしな」

「双葉兄さん」

充功ほどは、兄弟がまだ小学生という友人はいなくても、心当たりの何人かには、双葉もメールを送ってくれた。

元の交友の広さや、高校へ行っても縁が継続していることが窺える。

「ついでだから、水戸にアストロラーベを学校へ持ってくるように頼んだのが士郎なもんだから、めちゃくちゃ落ち込んじまって。責任感じてるから、頼むな――まで付けといたから、そういうことにしておけよ」

ただ、ここで話を一捻《ひとひね》りするのは、充功ならではだ。

「え！　僕が!?」

「星夜と水戸の話にお前が乗っかるよりも、お前本人が困ってるアピールのほうが、俄然盛り上がるだろう。探すにしても、やべえ！　一刻も早く返さなきゃ!!　って思わせるにしても。何せ、お前に恩を売りたい先生・生徒・保護者は山ほどいても、恨《うら》みを買いたい奴は一人もいないだろうからさ～。あの学校には。けっけっけっ」

「ちょっ。何が、けっけっけっだよ！　話を盛りすぎだよ」

驚いた士郎を物ともせずに、尚も話の盛り具合を完璧にしていく。

視線をリビングにそらせたかと思うと、

「――あ、樹季も明日学校へ行ったら、みんなに〝士郎くんの元気がなくて大変なの〟とか、なんとか言っとけよ！　その代わりに、宝箱製作は今夜も頑張るからよ」

「やった～っ!!　任せて！　僕、頑張るよ」

今か今かと参戦の誘いを待っていたらしい樹季にも、しっかり指令を与えている。

どこまで内容を理解しているのかはさておき、樹季はノリノリだ。

明日は充功に言われたことを、忠実に再現することだろう。

また、そのさい。余計なことは付け加えずに、深く聞かれて都合が悪くなると、「よくわかんないけど～」で逃げきるところが、樹季の末恐ろしい部分だと士郎は思っている。

なぜなら樹季は、自分の年やキャラなら、それで世間が納得することを理屈ではなく本能的に理解し、常にこの手の任務をやり遂げているからだ。

充功がそこまで熟知しているか否かは、別として――。

「樹季まで巻き込むなって！」

「いいから、いいから。お前は星夜たちに、明日はこういう作戦で探すから口裏合わせてって、今のうちにメールをしておけばいいんだよ。神童士郎と少年探偵団なんだろう」

「もう。からかわないでよ」

いずれにしても、明日からの準備は万端だ。

充功や双葉のスマートフォンには、次々と「了解」のメールが返信されてくる。

「も〜っ」

「もぉ〜っ？」

「七生！　武蔵まで」

そうして最後は、この二人まで話に紛れ込んできた。

「ふへへっ」

「頑張れ、しろちゃん！　みっちゃん、宝箱をよろしくね！」

（七生はともかく、案外ちゃっかりしてるな——。武蔵も！）

当然、内容まではわかっていない二人だが、やはり下へ行くほど賢く生きていると感じる、士郎なのだった。

＊＊＊

翌日、充功や双葉の思惑が行き届いた希望ヶ丘小学校では、朝からアストロラーベ探しが一大イベントと化していた。

「聞いたぞ、士郎！　どうして俺に一言言ってくれなかったんだよ!!　俺たち親友だろう」

士郎と樹季が登校するや否《いな》や、走り寄ってきたのは、隣のクラスで四年生ながらサッカー部のエースストライカーでもある手塚《てづか》晴真。

学年の中でも長身で体格もよく、常にリーダーシップを発揮している。

ただ、幼稚園からの幼馴染みである士郎に対してだけは、何かと甘えたことも言い、「親友だろう」は、もはや口癖《くちぐせ》だ。

しかし、これを士郎に堂々と言い放ち、なおかつ「はいはい」で受け入れているのは、今現在まで彼しかいないことから、士郎の無二の親友は晴真ということになっている。

だからというわけではないが、樹季もかなり懐《なつ》いていた。

「怒らないで、晴真くん！　士郎くん、ずっとショボンだったの！　だから、それでみっちゃんが、みんなにお願いメールしたんだよ！」

「いや、俺は怒ってないから。士郎のためなら、校舎裏から屋上まで探すの手伝うんだから、もっと早く教えてくれればよかったのに！　って、言っただけだから」

「そうなんだ！　さすが、晴真くん。士郎くんの親友だね」

それ以上に、晴真の持ち上げ方も熟知しており、ここは士郎が口を挟むまでもなく話が進んで終了だ。

ただし、こうしたときに自然と樹季の両手が士郎の腕に絡み付くのは、「でも、士郎くんが一番大事なのは、最初の弟である僕だからね！」という暗黙の主張。

天使のような笑顔で、ブラコンバリアの炸裂だ。

これにまったく気付かない、威嚇《いかく》もされない天然返しの晴真だからこそ、士郎との親友関係が成立しているとも言える。

「だろうだろう！　ってことで、優音。俺たちもアストロラーベ探しを手伝おう」

今も樹季渾身《こんしん》の笑顔をはじき返して、同行していた中尾《なかお》優音に話を振る。

「もちろん。でね、見て。昨日メールが来たから、これ作ってきたんだ！」

一方、晴真と同じクラスで、やはりサッカー部の彼は、見た目は大人しく繊細だが、芯の強いタイプの少年だ。

今も何気ない樹季と晴真のやり取りの意味を本能的に理解し、一歩引いたところから手提げ鞄の中身を取り出して見せる。

「すげぇ！　迷子アストロラーベのポスターじゃん!!」

「うん。充功くんから回って来たメールに、こういう形のって見本写真がついてきたから、それを使って作ったの。って言っても、ほとんどお兄ちゃんがやってくれたんだけどね」

こうしたところにまで逐一気の回るのが優音だ。昨年両親を事故で亡くし、現在は母方の叔母家族と生活を共にしているが、とても順調そうだ。

士郎も、確かにこれは助かる！　と、有り難く受け取った。

探し物のポスターを見た瞬間、紛失感や落とし物感が増した気がしたのだ。

「優音の兄ちゃんも、すげえ！」

「だって士郎くんのピンチでしょう！　そりゃ大変!!　ってなるからね」

「だよな！」

そうして、優音が自宅でプリントして来てくれたポスターは、各教室に配られ、貼ってもらうことになった。

「何々？　アストロなんとかの話？　私たちも手伝うよ」

「この写真のを見つけたら、士郎くんに届ければいいんでしょう」

六年生から一年生まで、男女問わず協力的だ。

「大きさって、握り拳ぐらいなんだっけ？」

「時計みたいな形で、鎖もついてるんだよね？」

これという話題がなかったのもあるだろうが、ポスターが配られたことで、実物がわかっていなかった子供たちにも、アストロラーべがどういった物なのかが認識された。

「これ、厚みがないから隙間に落ちたり、転がり込んだら、すぐにはわからないかもね」

「そしたら、隙間もよく見て探そう！」

昼休みには、校内の至る所で、アストロラーべを探す子供たちの姿が目につく状況となった。

　こうなると、当然この大捜索の話は教員たちの耳にも入っている。

「……す、すごい。本当にわちゃわちゃなことになったな」

　想像を遥かに超えた事態になり、水戸はかなり動揺していた。

「昨日のうちに、生徒どころか、その保護者でも拡散されたっぽいしな」

「前にあった、捨て猫や偽はにほへたろうの件で、すでに拡散ルートができてるからな。それにしたって、恐るべし充功さん！　だよ」

「でも……。俺じゃなく、士郎がなくしたって勘違いしてる子もいるんだけど」

　郷田や福元も若干ビビってはいたが、それでも水戸ほどではない。

　話が歪《ゆが》んだ形で広がったことに、胸が傷《いた》むのだろう。

「それはもう、言っても始まらないよ。充功さんなら、そういうのもわかってて、わざと士郎が困ってるって知らせたんだろうし」

「だよな。それで、肝心な士郎は？」

「さっき、教員室に騒ぎの説明をしに行くって言ってたよ。こうなったら、休み時間毎に探すし、放課後も探すからってことで」

「なんかもう――、本当にごめん！　士郎!!」

　立ち話の最中、廊下の壁に縋り付く。

　すると、丁度そこへ大地と一緒にやってきた星夜が、話を聞いていたのか水戸の側へ寄る。

「先輩。この騒ぎが済んだらやるホームパーティー。士郎くんのご苦労さん会にしませんか？」

「うん。そうしよう。もう、本当にごめんしか出てこないよ」

　立て続けに面倒ばかりをかけている自覚は、人一倍ある二人だ。

　こうなると、被害者も加害者もなく、士郎への申し訳なさから、いっそう絆《きずな》が深まっていく。

　もっとも士郎からすれば、どんな理由や経緯があるにしても、周りが仲良く、円満になるに越したことはない。

　むしろ、こうして深まる新たな関係や絆があるからこそ、何かと問題を持ち込まれても真摯に対応、努力をしているのだ。

　なんのきっかけもなく、誰もが過ごしやすい環境を得られるほど、世の中は甘くない。

　すでにそのことを入学前には理解していたのが、士郎自身だからだ。

「でも、これだけ騒ぎになって、逆に返し難くなるとかって、ないかな？」

「今は騒ぎのドサクサに返しやすいって考えるしかないだろう。士郎もそう言ってたし」

　と、そんなときだった。

噂をすれば影ではないが、士郎が教員室から戻ってきた。

だが、水戸たちがその姿を見つけたときには、周りを高学年の女生徒たちに囲まれている。

「士郎くん！　これ、あげるから元気出して」

「――え」

「私も、これ持ってきたの！　もちろん、アストなんとかも探すよ。でも、まずは士郎くんに元気出してほしくて！　あ。中は手紙とかでなく、カードチョコだよ。士郎くん、ドラゴンソード、強くてすごいんでしょう！」

士郎は女生徒たちから封筒を差し出された。

少し厚みのあるそれは、確かに手紙ではなさそうだが、だとしたら校則違反だ。個人でのお菓子やプレゼント系の持ち込みは基本禁止されている。

「え!?　いえ、困ります！　というか、学校にチョコを持ってきたら駄目でしょう」

「大丈夫だよ！　だからお手紙っぽく渡せる物を選んできたんだし」

「ちょっと！　何してるの!?　一緒に渡そうって言ったのに、ずるいじゃん！」

「ぬけがけだよ！　あ、士郎くん。私はこれ！　中は型抜き遊びができるにゃんにゃんキャラガムなの。めっちゃ新発売！　もう、家にあるかもだけど、弟くんもいるから大丈夫だよね？　遊びながら癒やされて～」

しかし、こんなときの女生徒パワーは侮《あなど》れない。

士郎は受け取り拒否をするも、その手にいくつもの封筒を渡されていく。

（にゃんにゃんキャラガム？　あ、父さんが担当さんから言われたとかって言う、にゃんにゃんチームも負けずに新商品発売を頑張りますからって、これのことなのかな？　え、どんなのだろう。でもな――）

しかも、聞き捨てならないキーワードだ。

士郎は途端に封筒の中身が気になりだした。

この辺りは、まだ四年生だ。ときとして、好奇心には逆《さか》らえないこともある。

そこへ樹季の登場だ。

「――え!?　カードチョコ！　それに型抜きできるガムって何？　にゃんにゃんのとか、僕知らない！」

満面の笑顔で士郎への差し入れ、イコール我が家への差し入れに食いついてきた。

そしてこれには、受け取り拒否をされかけた女生徒たちも、俄然目を輝かせる。

「そうなの樹季くん！　そしたら、士郎くんと一緒に遊んでね」

「私もあげるからね！」

「あたしは定番、ドラゴンソードカードチョコだよ！」

「私も！」

「本当！　僕、嬉しい！　お姉さんたち、ありがとう〜。うふふふ〜っ」

結局、これに関しては、樹季がすべて回収をして、教室へ戻っていった。

両手に手紙の姿をしたお菓子を総取り、今日の帰りはスキップしていそうだ。

士郎はあっと言う間の出来事に、頭を抱える。

一瞬とは言え、好奇心から気を取られたことが、敗退の原因だ。

「ただでは転ばないって、こういうことなのかな？」

目の当たりにしていた郷田が、しみじみと呟く。

「いや、士郎は転んでないし。その例えなら転んだのは水戸だし、最終的に得をしたのも多分樹季や武蔵だと思う」

福田はここぞとばかりに、冷静な判断だ。

「それにしても、士郎くんって本当にモテるんだね」

「まさか充功さんだって、一緒に探してやってが、お菓子で元気出してになるとは思わないだろうしな」

星夜と大地も、うんうんと頷きながら、わかり合う。

それでも本題はアストロラーベ探しだ。

昼休みのチャイムと共に、いったん解散するも、続きは放課後にまた——となった。

その日の放課後もあっと言う間に時間は過ぎた。

「これだけ探してるのに、出てこないな。アストロラーベ」

「二、三日は探し続けるしかないって。士郎もそう言ってただろう」

「うん」

水戸たちには部活もあるので、探せる者たちだけで探してみたが、それでも放課後の捜索参加は部活のない高学年のみで、時間も三十分までを厳守した。

この上、他の生徒に帰りが遅くなってどうこうというトラブルが発生しては困るし、ある意味人気《ひとけ》のない時間帯を作ることも、「自主的に返してくれたら有り難い」を含む探し物には、不可欠なことだったからだ。

（話は多少歪んでるけど、誰もがアストロラーベは落としたか、置き忘れたかっていう紛失物として認識してくれた。決して盗難だとは思わずに探してくれている）

そうして普段より少し遅く、士郎は学校をあとにした。

（すでに、星夜くんと水戸先輩のお母さんたちで話し合いがついているから、そこはまだ気持ちが楽だけど。でも、欲《よく》を言うなら、見つかってほしい。出てきてほしいよな、曾お祖父さんたちの思いが込められたアストロラーベ）

樹季は先に帰っているので、帰路は一人で考えながら歩く。

そして、玄関前まで着いたときだった。

「待ってて、エリザベスを呼んでくる！」

「ただい――、どうしたの武蔵」

家の中から勢いよく飛び出してきた武蔵と、ばったりはち合う。

「あ！　おかえりなさい、しろちゃん。今、父ちゃんが宝箱をくれたの！」

「とっちゃ、の～よ～っ！」

「見てみて、士郎くん!!　双葉くんとみっちゃんが宝箱を作ってくれてたの！　朝だとゆっくり遊べないから、帰ってからだったんだって！」

武蔵どころか七生までもが目を輝かせ、樹季にいたっては、コインチョコを入れた宝箱を抱えて大興奮だ。

それもそのはず。ご贈答のハムが入っていたはずの四角い箱は、今やかまぼこ形の蓋に作り替えられ、なおかつ余分にダンボールを使い、着色までされて木箱のそれのように変貌を遂げている。

その上、形だけだろうが、しっかり鍵穴と鍵まで作られ、かなりの完成度だ。

ごっこ遊びにしても、三人が歓喜するのは当然のことだろう。

双葉と充功は、ここへ来て颯太郎寄りの趣味に目覚めたのか!?　と思うくらいだ。

「へ～。すごいね。めちゃくちゃ凝ってる」

「うん！　だからエリザベスにも見せるんだ！　いっちゃん、先にお庭にいてね。俺、お隣へ行ってきま～す」

武蔵は改めて表へ出て行く。

「結局、海賊の宝箱みたいにしてもらったんだ」

「うん！　みっちゃんがこっちのほうがカッコイイじゃんって。双葉くんも、これのほうが、中に入れるコインチョコとかが、キラキラして見えるよって言ったから」

「確かにそうだね」

「ね～っ！」

樹季は武蔵とエリザベスを待つために、ダイニングからリビングへ抜けると、テラス窓からウッドデッキへ下りていく。

七生はダイニングテーブルに積まれた本日の差し入れお菓子の手紙が気になるのか、ジッと見ては、にっこり。

「あとで開けてあげるよ」

「やっちゃーっ！」

ただ、宝箱でエリザベスをも喜ばせるなら、先にササミのおやつを入れておくほうが？と、士郎は考えた。

エリザベスならば、初めて見る箱を前にし、武蔵たちから「どう？」「カッコイイでしょう」と笑顔で聞かれただけでも、それなりの反応を示しそうだ。

しかし、ここで一緒に喜ばせたいなら、やはりエリザベスにとっても宝箱でなければならない。

士郎は、そんなことを考えながら、ダイニングテーブルにランドセルを下ろした。

そして、キッチンへ入ると、当家にも買い置かれたササミのおやつが入った棚に手をかけた。

「わっ――っっっ！」

すると、庭から樹季の悲鳴が聞こえた。

「樹季！」

「いっちゃ!?」

士郎は慌ててキッチンからダイニング、そしてリビングを走り抜けて、庭へ出た。

七生も士郎のあとを追いかける。

「駄目だよ、返して！　駄目だってばっっっ」

「どうした、樹季！」

見ればウッドデッキの下で、樹季が座り込んで両手を空にかざしていた。

その先には飛び去るカラスがおり、また樹季の足ともには宝箱が転がり、コインチョコやバトルカードがばらまかれている。

「あ、士郎くん！　どうしよう、カラスが宝箱を！　武蔵の金貨チョコを持って行かれちゃったよ！」

「そんなことより、怪我は」

――そんなことがあるのか!?

そう思いながらも、今は樹季のほうが先だ。

士郎はサンダルも履かずに庭へ下りると、樹季の手足を確認する。

「武蔵の金貨っっっ！」

「いっちゃん！」

「バウバウ！　バウ！」

そうこうしている間に、武蔵がエリザベスを連れて、玄関脇の駐車場から庭へ入って来た。

「あ〜んっ！　ごめん、武蔵っ。大事な武蔵の金貨が〜っ」

「俺は平気だよ！　いっちゃん、お尻大丈夫？」

「くぉん」

「ひっくっ……。平気。ビックリして尻餅ついただけだから。でも、金貨……」

特に怪我はなかったが、ショックが大きかったのだろう。

樹季は武蔵やエリザベスから心配されると、感極《かんきわ》まって泣きだした。

「しょーがないよ。カラスってキラキラ好きじゃん。ドラゴンソードでも、目がハートになって、金貨を取られてたよ！　ってか、いっちゃん。アニメと同じことされるの、すごすぎ！」

「だからって～っ。いきなり飛んできて、宝箱に顔突っ込むとか思わないじゃん！　その前に僕が、キラキラ～とかって、空に向けたのが悪かったのかもだけど！」

「バウ～ン」

武蔵の優しさ、また慰めが、余計に樹季の申し訳なさを煽ったのだろう。

樹季はいっそう悔しそうに、泣き怒りながら、散った中身を集めている。

（キラキラ好き……。金のコインチョコを空に向けた？）

だが、そんな武蔵と樹季を見ていて、士郎はふと大地の言葉を思い出す。

〝それこそ、どうやって測るんだろうって、教室を船に、校庭を海に見立てて、それっぽいことしてみたりして〟

（校庭を海にってことは、空には――）

〝カァ～〟

まだ記憶に新しい、昨日の教室でのやり取り。

そして、その様子を、どこからか見ていたらしいカラスの鳴き声。

（まさか！）

ハッとしたと同時に、士郎は再び宝箱へと回収された宝物に目をやった。

「ごめん！　これ一つちょうだい」

「え？」

「しろちゃん？」

返事を待たずに、十数枚入っていた銅貨チョコレートの一枚を手に取る士郎が珍しかったのか、武蔵も樹季もポカンとしている。

「どうしたの、樹季。今、声が……、って士郎!?」

しかも、声を聞きつけて来た颯太郎が顔を出すのと入れ違うように、リビングに駆け込んで行く。

「ごめん、お父さん。武蔵も。樹季を見てあげて。僕、ちょっとエリザベスと出かけてくる！　エリザベス！　玄関に回って!!」

士郎は、パソコンデスクの引き出しからワンワン翻訳機を取り出すと、左手首にそれを巻いてから、エリザベスに指示を出す。

「今から？」

「夕飯までには戻るよ。あ、それから犬用のササミおやつの買い置きがあったよね？　あれちょうだい！」

颯太郎の問いかけに返事をしつつも、そのままキッチンに向かい、棚からササミのおやつを袋ごと取り出すと、銅貨チョコと一緒に斜めかけバッグにしまい込む。

「――え⁉　それはいいけど。気をつけて行くんだよ！」

そうして玄関まで走ると、下駄箱からエリザベス用のリードを出して、表へ出る。

すると、玄関前には言われたとおりに、エリザベスがお座りをして待っていた。

おでかけ――イコール、散歩だと理解したのかもしれないが、ブンブンと尾っぽを振って上機嫌だ。

首輪にリードが付けられるのを、今か今かと待っている。

「行こう、エリザベス！」

「バウ！」

そうして、リードを繋げると、士郎はエリザベスを連れて家を出た。

よくわからないまでも、樹季や武蔵は庭先から「いってらっしゃ～い！」と声を張り上げていた。

4

家から出ると、士郎はまずエリザベスにこう聞いた。

「エリザベス。いつもうちに遊びに来るカラスって、呼ぶことはできる？　それこそ裏山に行ったほうが早い？」

「オン！」

この程度であれば、すでに翻訳機を見ずとも、返事はわかる。

「わかった。なら、裏山に行こう。それに、情報は多いほうがいい。もしかしたら、他の誰かが知っているかもしれないしね」

「バウバウ」

士郎はエリザベスの意見に従い、まずは自宅がある区画裏にある小高い山へ向かった。

子供の足でも、十五分程度あれば、山頂までいける高さなので、本来は山と言うよりは丘だろう。

しかし、希望ケ丘では、誰もが「裏山」と呼ぶので、士郎もそう認識している。

また、こちらから見ると、登る分には階段があるような急斜面だが、山頂を越えた向こう、平和町側はゆるく末広がりに伸びており、まるで違う側面を覗かせる。

そのため平和町では別の呼び方をされているようだが、正式名称は未だ知らない。

おそらく地図上では名もなき小山だ。

そして、この辺りは、そうした小高い山が多数ある。

「はぁ。はぁ。はぁ。ごめんね、エリザベス。引っ張ってもらっちゃって」

「バウン」

そして、最近になって士郎の行き来が増えたこの裏山には、以前よりどこからともなく集い住んでいる野犬たちがいる。

また、野良猫や野鳥たちも多く共存しており、士郎の前によく現れる茶トラやカラスもそのうちの二匹だ。

だが、今日はまだ見ていない。

「もう少し……」

士郎は急斜面の階段を上りながら、西の空にある太陽の位置を確認した。

日没までには、まだ間がある。

「着いた！」

そう広くもない山頂には、ちょっとした広場があり、またその空間を守るように伸びた大木の根元には、古い祠《ほこら》がある。

いつもなら、ここに何匹かはいる。

しかし、今日に限って、誰も見当たらない。

士郎は思い切って、声を出す。

「こんにちは！　いや、こんばんは！　いつものカラスくんはいる？　茶トラくんでも、ロットワイラーくんでも、秋田犬《あきたけん》さんでも――。誰か！」

「オンオン！　オーン！」

エリザベスも一緒になって、呼んでくれた。

そもそも士郎が、エリザベスたち飼い犬と野犬たちの間には交流があり、またエリザベスを介すれば、野犬たちとも通じ合えるのではないかと考えたのは、この遠吠えを聞いてからだ。

ただし、それにはまず自分とエリザベスが正確に意思の疎通《そつう》を図らなければならなかったし、そのためにお年玉貯金から大本のワンワン翻訳機も購入したのだが、これが大ざっぱすぎてエリザベスとは相性がよくなかった。

それで士郎がエリザベス自身から改めて音声などを収集、その表情や行動などから照らし合わせた感情データを差し替えることで、専用の翻訳機に仕上げたのだ。

今では単語だけでなく、絵文字や顔文字なども加えて、表現を豊かにしている。

「オン？」

（出てきた！）

最初に姿を見せてくれたのは、群れのリーダー的存在であるロットワイラーだった。

エリザベスにも負けない大型犬で強面《こわもて》だが、かなり人懐こい面を持っている。

士郎が思うに、間違いなく元は飼い犬だ。

そして、それはここで「野良犬」と呼ばれる犬たちすべてに言えることで。士郎は未だに雑種と思われる犬を見ていない。

このことが何を意味するのかを考えるだけで、胸が痛む。

しかし、今は優先すべきことがある。

「にゃん」

「カ～ッ」

（――いた！）

士郎は、ロットワイラーのあとからゾロゾロと出てきた野犬や野良猫、また野鳥たちを見ると、その中にいつものカラスを見つけ出した。

肩掛けバッグから銅貨チョコを取り出すと、それを見せながら、本題に入る。

「急にごめんね。お願い。教えて。カラスくんの仲間に、こういうキラキラしたのが大好きな子、たくさん持ってる子は知らない？」

「バウバウ。バウ！」

「カァ」

エリザベスからも聞いてくれるが、最初はちょっと首を傾げていた。

しかし、すぐに「ああ！」とでも言いたげに、うんうんと頷く。

恐るべし、カラスの能力、理解力だ。

これまで見てきても、このカラスが特に頭がいいのはわかっていたが、それにしても
――だ。

「その子の巣はわかるかな？」

「カァ～！」

カラスはエリザベスの仲介なしでも察したように、翼を大きく広げて見せた。

これが「着いてこい」の合図だとわかるのは、彼に案内してもらうのが初めてではない
からだ。

「ありがとう！　あ、これ御礼ね。少しだけどみんなで分けてね」

士郎は持参したササミのおやつを取り出すと、袋に残っていた大半をロットワイラーた
ちの前に置いた。

「オン！」

「ワンワン」

「みゃ！」

「小さい子たちにも分けてね。って！　エリザベスのは家にあるから！」

「バウ〜ン」

ササミに一番はしゃいだエリザベスをたしなめ、リードを握り直すと、声をかける。

「さ、カラスを追いかけるよ。エリザベス」

「バウ！」

そうして裏山から下りると、まずは細道から道路へ出る。

「あ、いた！　士郎」

そこへ現れたのは、士郎が出てから帰宅したのだろう、自転車に乗った充功。

当然、これを使わない手はない。

「何してんだよ。いきなり飛び出していったって、父さんたちが」

「それで来てくれたの!?　ありがとう！　そしたら僕を乗せて走って！」

士郎は満面の笑顔で、自転車の後ろに乗り込んだ。

「その自転車を貸して」でもなく、さっさと乗り込んでいるのは、どこまで追いかけることになるのか、わからないから――。

しかも、充功イコールスマートフォン持ち、連絡手段に使えるという即決からだ。

「は？　何？」

「いいから、あの子！　あのカラスを追いかけてほしいんだ」

「カラス？」

有無も言わせず行動して、早く早くと急かすところは、さすがはちゃっかり樹季を育てた兄だ。

こうなると、ニワトリが先か卵が先かという、不毛な論争になりそうだが、ようは似たもの兄弟だ。

生まれた五男を喜び勇《いさ》んで甘やかしたのが四男なら、四男を喜び勇んで甘やかしたのは三男に過ぎないということ。甘える側に天然か天才かの違いはあっても、甘やかした側の自業自得は同じことだ。

「早く行って！　エリザベスも少し走るよ」

「バウン！」

「なんなんだよ、いったい！　意味がわからねぇって!!」

それでも、理由もわからないままペダルをこぎ出す充功と、それをちゃんと待っててくれたカラスの面倒見がいいのは、よくわかった。

しかも、エリザベスにしてみれば、ここへ来て思いがけないランニングだ。

士郎と一緒に散歩も嬉しいが、やはり多少でも走れることに、喜びが隠せない。

自転車を引っぱって倒さないよう気遣いながらも、わっさわっさと走る姿は、実に爽快かつ嬉しそうだ。

「樹季が庭にいて、金貨チョコをカラスに取られたんだよ」

走行ペースが上がってくると、士郎は充功に事情を話した。

「あいつが？　それで取り返しに追いかけているのかよ」

「ううん。あの子じゃなくて、他のカラス。多分、もう巣に戻ってると思うから、案内してもらってるんだ」

「もっと意味がわからねぇよ！　カラスなんて、全部同じにしか見えねぇって」

しかし、聞けば聞くほど、充功が混乱するのは否めない。

状況が状況でなければ、熱でもあるのか⁉　と聞きたいところだろう。

「僕もそう。けど、持っていったのがあの子じゃないのだけはわかる」

「魔法使いかよ」

「いや、今は少年探偵ってところかな」

そこへ、ニヤリとしたのがわかるようなことまで言われ、充功の背筋にぶるっと震えが走る。

「もっと意味がわからん！　ってか、お前のそういう洒落《しゃれ》だか冗談だかは逆に怖ぇからやめてくれ！」

思わず叫んでペダルを漕ぐも、士郎は機嫌良く返事をするだけだった。

「は～い」

こういうところは、本当に樹季のような士郎だった。

「カァ～」

目的地が近いとわかったのは、その声と共に、カラスが小山へ向かったときだった。

「え？　学校の裏が住処《すみか》なんだ」

裏山ほどの小高い丘が多いこの辺りでは、士郎たちが通う小学校の裏手にも似たような小山がある。

ただ、この辺りなら、子供同士で探検ごっこと称して歩いたことがあった。

いきなり土地勘のないところに案内されることを考えれば、心強いなんてものではない。

ましてや、今日の士郎には、充功とエリザベスがいる。

案内をしてくれたカラスが、どこまで付き合ってくれるのかはわからないが、自転車に乗せてもらった分、体力も充分だ。

何より、日没までの時間も稼げたことに、士郎の足取りも自然と強まる。

「――士郎、あれ！　木の上のほうにいるやつ、そうじゃないか？　近くに巣みたいなものもあるぞ」

そうして、自転車を下りてから、十分程度歩いたときだった。

「カァ！」

案内してきたカラスの他に、新たなカラスを発見した。

大きく育った桜の枝に留まるカラスは、目測ではあるが、いつものカラスよりも幾分大きそうだ。

だが、そのことが士郎の中の仮説を、確信に変えていく。

「多分、間違いない。あのカラスだ」

士郎は目を懲らしながら、一度眼鏡のブリッジをクイとあげた。

「――ってか、もう。チョコレートなら、食われてるんじゃねぇの？　けっこう何でも食うイメージだぞ、カラスって」

「かもしれない。けど、樹季たちにはごめんだけど、一番の目的はそれじゃないから」

「は？」

途端に険しくなった表情を見せると、鞄の中から一つだけ入れてきた銅貨チョコと、一本だけ残してきたササミのおやつを取り出した。

「エリザベス。あの子の巣の中を、僕に見せてもらえるように頼んで。あと、この銅貨もササミのおやつもあげるから、アストロラーベを持っているなら、返してほしいって」

「――!!　くぉ～ん」

「だから、エリザベスのササミは家にあるでしょう。今はお願い！　カラスに取り替えっこを頼んで！」

「バウ～っ。バウバウ！　バウ～‼」

　こうなると、翻訳機はあってもなくても、よさそうだ。

　エリザベスは、「わかったよ。あとでササミをよろしくね」とばかりに、こちらを見下ろすカラスに向かって何やら声を上げている。

「――え？　お前、何言ってるの？　頭は大丈夫か？　ってか、エリザベス⁉」

「カア」

　充功が困惑からキョロキョロするも、当のカラスは「いやっ」と言うように、プイと顔を背ける。

「え⁉　通じてる？」

「カ～っ」

　だが、今度はそこへ、案内をしてきたカラスが、一声かけた。

　それだけではなく、その場から追い立てるようにして、翼を広げる。

「カァ！」

「あいつも交渉してくれてるのかな？」

「わからない。あ、でも！　いつものカラスくんが、家主を引き離してくれた！」

「ファンタジーかよ!?」

見る間にカラスたちが飛び立ち、大空を舞った。

二匹の経緯まではさすがにわからないが、これが士郎のために作られたチャンスだということだけはわかる。

「充功、肩貸して!」

「は?」

士郎はコインやササミをバッグに戻すと、すぐさま靴を脱いで桜の大木を見上げた。

「いいから、早く! 今のうちに巣の中を確かめるんだから、台になって」

「人使いが荒いな。ってか、お前。運動音痴なんだから、気をつけろよ」

「わかっているよ。胴ぶき枝だがもう少し太ければ、僕だって充功の台になるほうを選ぶって!」

上へ行けば、いい枝振りだが、そこに手足をかけるには、充功の身長でも間に合わず、体重にも不安がある。

となれば、充功を台にして士郎が登るしかない。

このあたりは、すでにカラスと同時に、目測《もくそく》していたようだ。

「この一瞬でその判断は、本当にすげえな。臨機応変に俺を使う気満々だな」

充功はいったんしゃがみ込み、両の肩に士郎を立たせてから、ゆっくり立ち上がった。

「――何か言った？」

士郎は木に掴まりながらも、声を張る。

そうとうな地獄耳だ。充功が思わず失笑している。

「いいや！　それより、届きそうか？」

「もう少し。上の枝が掴めれば、その下の枝に足がかけられそう……」

何かを誤魔化すように声をかける充功だが、士郎はもうそこには気が回らない。

充功に言われるまでもなく、運動音痴は自覚済みだ。

高所だって決して得意ではないのに、充功の肩を台に背伸びをするなんて、士郎からしたら死に物狂いだ。

しっかりと両足首を掴んでくれている充功の両手がなければ、目先の枝に手を伸ばすこともできないだろう。

「なら、俺の頭も使え！」

と、下から叫ぶと同時に、握り締められた足首に合図がされる。

「――え!?　さすがにそれは」

「今は先に目的を果たせ！　エリザベス、俺の足下を支えてろよ！」

「バウっ！」

下を見たら終わりな気がするのもあり、士郎は充功に誘導されるまま、片足を頭の上へ置く。

「ご、ごめんね！」

そこから更に背伸びをする形で、士郎は奥歯を噛み締めながら、まずは目的の枝を掴みに行った。

（届いた！）

そこからは、更に利き足を上げて、横へ伸びた胴ぶき枝にかけていく。

だが、どうにか枝に掴まり、また足をかけて落ち着くことができても、カラスの巣自体は、伸びた枝の先だ。

まずは中を覗こうと、上へ伸びた胴ぶき枝にしがみつく。

（うわっ。クリーニングのハンガーや木の枝を使った巣作りって、本当にすごいな——と、あった！）

カラスの巣の中には、すでに食い散らかされた金貨チョコや、アストロラーベがあった。他にもどこから収集したのか、筆記具や髪飾り、鏡やアルミホイルなど、陽を弾いて光るものがいくつも運び込まれている。

「思った通りだ」

最近持ち運ばれたらしいアストロラーベが、巣の中でも上のほうに置かれていたのは幸運だった。

士郎は、片手だけを思い切り伸ばして、どうにかそれを掴む。

それを下で見ている充功やエリザベスなど、気が気ではない。

（――やった！　えっ!?）

ただ、アストロラーベには懐中時計のような鎖がついていたがために、それが他の戦利品に絡んで、すぐには取れない。

ましてや片手作業だ。こうなると、鎖が切れる覚悟で、力尽くで引っぱるしかない。

「カァ！」

――と、そこへ家主が猛烈な勢いで飛んできた。

「危ない、士郎！」

「カァ!!」

いつものカラスが邪魔をしてくれるも、驚いた士郎は、そのまま足を滑らせて落下した。

「――!!」

それこそ声も出ないまま、アストロラーベを握り締めたまま、背中から真っ直ぐに落ちてしまう。

「うっ！」

「バウっ!!」

ドン！　バサ!!　という衝撃を身体に感じたときには、下で抱え止めただろう充功ごと地面に転がり、それを更にエリザベスが身体を張って受け止めていた。

（せっ、セーフ？）

「平気か、エリザベス！」

「くぉんっ」

（助かった！）

そもそも落ちてくる可能性に備《そな》えていたのもあるだろうが、それにしても一人と一匹のファインプレーだ。

どんなに士郎の体重が、平均より軽くても、頭上から落ちてくる子供を受け止める衝撃は、相当なものだ。

「カァ！」

「カァッ!!」

しかし、こんなときだが、感心ばかりはしていられない。

巣からアストロラーベを取られたカラスは、猛烈に怒っている。

案内カラスが懸命に宥めてくれているようにも見えるが、羽を広げて威嚇しまくりの文句たらたらだ。

頭上で「カァカァ」鳴き続けている。

「ごめんね！ 代わりに銅貨をあげるから!! あと、これも美味しいから、許して！」

士郎は、アストロラーベと入れ違いに、今一度バッグから銅貨チョコとササミのおやつを出して地面に置くと、両手を合わせて、ごめんのジェスチャーをしまくった。

「バウバウ」

「カ～」

一応、エリザベスや案内カラスも一緒に宥めてくれているのか、カラスが羽を閉じたところで、士郎たちは「今だ！」とばかりにその場から逃げる。

「本当に本当にごめんね！　でも、これはありがとう～っ！」

こればかりは、どこまで通じたかわからないが、二人と一匹でゆるい小山を駆け下りた。

その様子から、お互いに怪我がないことだけはわかったので、自転車の所まで来ると、大きな溜め息をつき合う。

その後はどちらからともなく、笑い合った。

＊＊＊

とにかくアストロラーベを見つけて取り戻した！

このことだけは、一刻も早く水戸に伝えたかった。

また、これを星夜に返すことで、みんなで一緒に安心したかったこともあり、士郎は充功に頼んで、自宅や水戸たちに電話をしてもらった。

そして、事情を話して水戸や大地、郷田や福元に集合してもらい、その足で星夜の自宅へ届けに行く。

ただ、日暮れ前とは言え、時刻は六時近かった。

なので、充功はいったんエリザベスを連れて自宅へ戻った。

代わりに颯太郎を寄こしてくれることになり、星夜宅に集合した水戸たちも、帰りは車で送ってもらえることになった。

おかげで士郎は安心して、アストロラーベを返すと共に、彼らにゆっくり事情も説明できた。

「――え⁉　カラス！　これってカラスが犯人だったの⁉」

とはいえ、士郎から事実を聞かされた星夜たちの驚きは、相当なものだった。

怪我はないにしても、泥だらけの士郎の説明でなければ、そう簡単には信じられなかったかもしれない。

「本当にごめん！　なんか、そう言われると、俺……。あの朝、スポーツバッグを机の上に置いて、教室を出てるんだよ。みんなでワイワイやってて、時間になって慌てて校庭に出たから、ちゃんとファスナーも閉めてなかったんだと思う。窓も開いてた。それに、タオルで包んでしまったつもりだけど、きっとちゃんとできてなくて。カラスにとっては、持って行きやすい状態になってたんだと思う。本当に、ごめんな！」

だが、人の記憶とは曖昧《あいまい》なもので、水戸もそう言われると、そうかもしれない自分のミスを、なんとなくだが思い出してきた。

アストロラーベがないと気付いた瞬間、落としたか、盗られたかという考えが生じたがために、自分がバッグを閉め忘れたことにまでは頭が回らなかったのもあるだろう。

それにしても、カラスの仕業《しわざ》は想像できなかっただろうが——。

「ちょっと身体の大きいカラスだったし、他にもいろいろ収集してたから、慣れていたのもあるんじゃないかな。樹季もあっと言う間に金貨チョコを取られてたくらいだし」

それでも士郎は、たったの一言も水戸を責めることなく、笑って状況を説明し続けた。

士郎自身、カラスの仕業は偶然気付いたことであり、まったく思いつかなかったのはお互い様だ。

その構えでした説明だけに、水戸には計り知れないほど救いになっただろう。

士郎に言われる「しょうがない」は、心からそう思わせてくれる。

「そもそも教室の外から見ていて、いいな——と思ったら、すぐに誰もいなくなったんじゃ、そりゃ取り放題だよな。まあ、さすがにファスナーを開けてまでって気はしないから、そこは閉じ忘れなんだろうけど」

「それにしても、カラスかよ」

「マジで盗まれたとか、犯人捜しとか言わなくてよかったな」

そして、それは真っ先に盗難を思い浮かべた、郷田たちにも言えることで――。

「ごめんなさい。俺、少年探偵団とかいって、すっかりその気になって。もう少しで、もっと大変な騒ぎになるところだった」

ただ、大地だけは、カラスの仕業と知ると、大反省をするだけでなく、落ち込んでしまった。

犯人捜しに浮かれて、まずは疑われる子供が同じ学校の生徒かもしれない重大さに、気付けなかった。

その上、本当に犯人が誰でもなかったのだから、自分の思い込みだけが大罪のように感じられたのだろう。

こればかりは仕方がないことだが、士郎自身も本当に気をつけようと思ったことだ。

「そこはほら、水戸先輩の気持ちが功を奏したってことで。それに、こういうこともあるんだって、僕も初めて知ったしね」

「そうだよ！　大地くんだって、水戸先輩や僕のために、アストロラーべを探そうとしてくれただけなんだしさ！」

「……うん」

最後は士郎や星夜に慰められて、大地もどうにか笑顔を取り戻した。

そしてそれを見た水戸は、心から胸を撫で下ろし、

「よかった……。本当、ホッとした……っ」

やはり、安堵からか、帰り際は涙がこぼれていた。

「僕も……、ありがとう。本当に、ありがとうございました！」

また、その安堵感は星夜も同じだったようで、士郎たちを車まで見送るときには、涙目になって頭を下げていた。

ただし、

「明日はみんなで万歳三唱《ばんざいさんしょう》だな。水戸！」

「いや、今夜でも見つかったことを拡散しないと……」

「え？　でも、それならもう、充功さんがしてそうじゃない？」

「確かに！　ってか、俺のところにもうメールが来てますよ！　すでに拡散されてますよ、先輩！」

帰りの車の中では、もっぱら充功の話になった。

士郎と颯太郎はそれを聞きながら、目と目を合わせて、ニコリと笑った。

帰宅後――。

「ごめん。やっぱり金貨チョコは、すぐに食べ物だってわかったみたいで――。カラスの巣からは、これしか取ってこられなかったんだ」

士郎は、これから夕飯になるところではあったが、まずは先に――と、金貨チョコの包み紙の一部を樹季と武蔵に差し出した。

たまたまアストロラーベと一緒に掴むことができた包装の一部だが、運良くコイン柄の印刷が残っている。

一度は握り締めてぐちゃぐちゃになってしまったが、丁寧に伸ばし、洗ってみたら、かろうじて柄が出てきた！　という感じだ。

とはいえ、もはやコインの面影はなく、柄付きのホイルだ。

それでも――と士郎が思ったのには、武蔵や樹季を喜ばせたかった以上に、他の理由がある。

「すごい！　しろちゃん。これ、カラスから取り戻してきたの！　もう勇者じゃん！」

これを見た武蔵の瞳は、元の金貨チョコの何倍も輝いた。

「え！　飛んで行ったのに、追いかけたの!?　これ取り返してきたの!?　すごい！　本当に勇者だよ！」

樹季など悲鳴を上げる寸前で、信じられない！　とばかりに、やはり双眸がキラキラだ。

士郎を見る目が、これまで以上に輝いている。

「そこはほら。充功やエリザベスも協力してくれたから。特に充功がすごかったんだよ！　僕より、よっぽど勇者だよ。ね、充功」

しかし、そんな弟たちの尊敬の眼差しを、士郎はあえて充功に向けさせた。

「ま、まあな～っ」

今夜に限っては、充功も変に謙遜《けんそん》はしない。

なぜなら、帰宅してからよく見れば、充功の額《ひたい》には擦《こす》れた傷が残っていた。

おそらく士郎を支えて台になったさい、両手で士郎の足首を掴んでいた充功自身の身体を支えるために、額を木の幹に付けてバランスを取っていたのだろう。

せっかく無傷だと思っていたのに、士郎は申し訳なさから、泣きそうな勢いで謝った。

しかし充功は、それを制して、思い切り自身の身体能力の高さを自慢してきた。

それどころか、「この貸しは、今夜のデザートでチャラにしてやるから、俺に寄こせよ」と笑ってきたのだ。

（何が、まぁなだよ。そもそも運動音痴な僕が登ったところで、下りるほうのが難しいんだから、絶対に無理だ。落ちてくるに違いないを前提に身構えてたってところまで合わせて、本当にすごいよ。僕なんか必死すぎて、そこまで考えてなかったし――）

士郎は、これ以上ないくらい感謝しながら、デザートの贈呈を約束した。

また、武蔵や樹季にも、誉めるなら充功にして――と、声を大にした。

当然、ここでも「もっと俺を誉めろ～」とやっていた充功の本心は、士郎に過度な責任を与えないためだろう。

充功から言わせれば、いったい俺の弟は何ものだ⁉

犬どころか、カラスとまでやり取りを成立させているとか、本当にファンタジーに出てくる魔物使いか、魔法使いかよ⁉　状態なのだから。

「いっちゃん！　これも大事に、宝箱へ入れとこう！」

「うん！　金貨より、もっとすごい勇者たちのコインだもんね！」

もっとも、武蔵や樹季からすれば、充功も士郎もヒーローだ。

どんなゲームやアニメに出てくる勇者にも負けない、お兄ちゃんだ。

「むっちゃ！」

そして、厚紙に金の折り紙で作られた鍵を持ってきた七生にとっては、当然樹季や武蔵もスーパーヒーローなお兄ちゃんで――。

「ありがとう。しろちゃん、みっちゃん、見てて！」

「いいよ、七生～」

二人はお手製の宝箱を七生に差し出すと、作られた鍵穴に、それを差し込ませた。

「あいっ！」

ガチャガチャっと、鍵を差しての開け閉めごっこだ。

七生は鍵を回す真似をしてから、そのまま引き抜く。

「パッカ～ン。宝物がいっぱ～い」

武蔵は鍵が開《あ》いたよ――とばかりに、かまぼこ形の蓋を開いた。

中には、一度は庭に散らかった宝物がいっぱい詰まっている。

「本当だ。ドラゴンソードの激レアカードに龍星座盤。それにコインチョコまで入ってて。これはもう、本当の宝箱だね」

「でしょう！」

「でも、今日からはこれが一番の宝物だからね！」

そうして、箱の一番上には、金貨コインの切れ端が乗せられた。

だが、士郎からすれば、どんなに宝物を積み上げても、キラキラと輝く弟たちの笑顔には、敵うものはなかった。

第二章

真犯人を突き止めろ！
神童探偵・兎田士郎

1

思いがけない形でアストロラーベが見つかった話は、翌日には学校中に広まっていた。

「そうなんだ！　水戸《みと》先輩からアストロラーベを持って行ったのは、カラスだったんだよ。な。星夜《せいや》」

「本当、びっくりだった。でも、士郎《しろう》くんが驚いたって言ってたくらいだから、それはそうだよね」

朝からこの話題で賑わうも、給食の時間から昼休みになると、更に盛大に。

特に男子たちは目を輝かせており、大地《だいち》と聖夜は教室内で話の中心にいる。

当の士郎はと言えば、まだ給食のデザートとして出た野菜入りドーナツが残っているので、食器だけを先に戻したあとに、ゆっくり食べていた。

こういうときは誘われない。周りはそっとしておいてくれる。

「カラスって、そんなことするんだ！」

「そのカラスが、たまたまキラキラしたものを集めるのが好きだったみたいだ。全部がそうじゃないと思うから、そこは誤解しないでって、士郎が言ってた」

「ってことは、カラスにも好き嫌いがあるのかな？」

「うちの猫にもあるから、そりゃあるんじゃない」

「言えてる！　うちはハムスターが二匹いるけど、好きなご飯も遊びも違う。同じように見えるけど、一匹一匹違うよ」

「兄弟でも違うしな」

「そうだよな！」

するとと、話の流れからか、普段はあまり話題に上ることのない〝個性〟に関しても、意見交換が飛び交った。

士郎としては〝カラスを見たら泥棒と思え〟のような悪印象を避けるための説明だったが、それがいい意味で広まっている。

一人も一匹も一羽も、みんな違って当然だ。

一つの命に一つの心、そして一つの思考や好みが存在することを認識するのは、どんな話題からでもいいことだ。

自分とは違う相手を尊重し、また敬意を抱くきっかけになる。

むしろこうしたことに、小難しい説明や理屈はいらない。

大人の介入なしに、子供同士の感覚で知り合えたら、言うことなしだ。

「――でも、すごいよな。カラスの巣からアストロラーベを取り返すって。士郎って、もう神童どころかスーパーマンだ」

「あ、そこは充功《みつぐ》さんに助けてもらったって言ってたよ。自転車で追いかけてくれたのも充功さんだって」

「どっちもスーパーマンなのは変わらないよ」

「でも、スーパーマンと神童って、どっちがすごいの？　神童のほうが上そうだけど」

「やっぱ神が上じゃない？　スーパーマンって、すごい人間であって、神様じゃない」

それにしても、この話の脱線具合が、毎度のことながら、士郎にはよくわからない部分だった。

この場では客観的に聞き耳を立てているに過ぎないが、参加していたら突っ込み所が満載だ。

ある意味士郎は、こうしたところから四年生《こども》特有の縦横無尽《じゅうおうむじん》さを学ぶ。

場合によっては、このまま大人になるパターンもあるが――。

「うーん。俺は近くにいる〝兎田《とだ》士郎〟の称号が一番上だな。スーパーマンも神様も、どっかにいるかもだけど、友達じゃないし。話を聞いてくれるのは士郎だし」

「大地くんの言うの、わかる！　僕も士郎くんが一番！」

「え!?　でも、それ言われたら、たとえにならないじゃん？　どんなにすごいかをたとえてるのに、話が違わない？」

「あ！　そっか!!　ごめんごめん」

「大地たち、士郎好きすぎ！」

「お前らだって〜っ」

「結局、お互い様ってやつ？　あっははははっ」

それにしても、大地がストレートな物言いをするためか、最近他の子供たちも愛情表現がストレートになってきた。

好感を持ってもらうことは嬉しいが、士郎自身からすると、照れくさい。もっと欠点も見た上で判断してほしいのが正直な気持ちだ。

（——誰だよ。最初に神童なんて言い始めたのは。どこの世界に、犬に引っぱってもらって階段を上がるようなスーパーマンがいるんだよ。もう……っ）

とはいえ、「でも士郎って運動音痴《おんち》だよ」「足も遅いし、すぐにぜーはーするよ」などと言い出せば、それは悪口になり、いじめにも発展しかねないパワーワードだ。

そもそも、いじめ嫌いな士郎に賛同する彼らが、言い出すわけがない。

仮に言い出すことがあるにしても、「ちょっと体力ないけど、そこがまたいいんだよ！俺でも助けられるって思えるからさ！」と、いっそう盛り上がるだけだ。

だが、こうして士郎の持ち上げ話で和気藹々《わきあいあい》としているグループやクラスでは、不思議と無駄な争いが起こらない。

誰もが、その心地よさや安心感から、尚更「士郎すげー」が広まり、拍車もかかり、今に至っているのが現実だ。

こうなると、士郎も「やめてよ、恥ずかしい」と、強くは言いがたい。

いっそ「そうでしょう。僕天才の神童だからさ～」と自慢でもするなら、嫌がられもするだろうが。

士郎が自慢をするのは、せいぜい兄弟や家族を誉められたときに「ありがとうございます」と言う程度。多少言葉を増やすにしても、寧《ひとし》の「三日三晩でもいけるよ。うちの弟可愛い話！」に比べれば、心から笑って相づちを打てるレベルだ。

しかも、

「でもさ――。そしたら樹季《いつき》もそのうち士郎や充功くんみたいな、すごいやつになるのかな？」

「樹季は樹季で、もうすごいと思うけど。だって、毎日怖そうな中学生にランドセル持たせて学校来るんだよ？　充功さんの友達とはいえ、中学生にだよ」

「わ！　そしたら樹季最強説じゃん！」

こうなると士郎が卒業したあとでも、「樹季すげー」で円満学校生活になりそうだ。

更に武蔵《むさし》、七生《ななお》と続けば、しばらく希望ヶ丘小学校は安泰《あんたい》だ。

案外、そうした願望もあって、誰もがこうして盛り上がっているのかもしれない。

「それ言ったら、お父さんから、赤ちゃんまで、みんなすごいじゃん。士郎くんちは」

「だよな！　うちの母さんなんてお姉ちゃんに、どうにかしてお嫁に行けないの？　って聞いてるくらいだよ」

「うちも！　でも、それでお姉ちゃんがガチで怒っちゃって――。だったらもっと美人に生んでよ！　キラキラは無理でも、キラくらいなかったら声もかけられないって泣きだして、すごいことになった！」

「それは、ガチだね」

「うん――。もう、キーキーして大変だった」

藪《やぶ》を突くと蛇《へび》が出かねないので、士郎は耳さえ逸《そ》らしたが――。

最後は暗雲が立ちこめた会話もあったが、この辺りは寧や双葉《ふたば》、充功と同級の姉たちがいる家庭の話題だろう。

その後は、手持ちのドーナツを食べながら、視線を窓の外へ向けた。

すると、校舎前に立つ木の枝に留まり、ジッとこちらを見ているカラスと目が合う。

学校裏に巣を持つ大きめのカラスだ。

（それにしても、完全に顔を覚えられたのかな？　さっきからずっと僕を見てる気がするんだけど）

「カア！」

　すると、突然鳴かれた。

（え⁉）

　驚いて顔を向けると、なんとなくだがカラスの視線が空《から》になった手元にあるような気がした。

　その後はプイと顔を逸らして、ふて腐れたように飛び去っていく。

（――あ。まさか、ドーナツを見てた⁉　一口ちょうだいってことだった？　姿を見せたのは、給食の時間になってからだし。僕、餌付《えづ》けしちゃったのかな？　もしくは物々交換ができる相手として認定された？）

　これはあくまでも想像であり仮説だが、士郎は食べ終えて空になった手を見つめた。

　と同時に、ふと昨日の裏山でのことを思い出す。

（でも、そうだとしたら――。裏山の子たちにも、悪いことをしていたのかな。その場は喜んでくれるけど、いつもあげられるわけじゃない。ましてや、家で飼えるわけじゃないんだから、野生で生きている子たちに、半端《はんぱ》な餌付けはよくないもんな……）

　昨日は士郎は、彼らに助けを求めて裏山へ登った。

　それ以前にも、似たようなことは幾度かある。

　彼らはエリザベスと士郎を信用してくれているのか、常に協力的かつ友好的だ。

　また、ペット用の差し入れにしても、最初に彼らから〝情報交換や協力の御礼はこれでよろしく〟と指定されたので、士郎も感謝の気持ちで届けていた。

　だが、こうしてみると、かなり安易《あんい》なことをしてしまったのでは⁉　と心配になってくる。

　せっかく人間たちとは関わることなく、彼らは野良たちだけで上手く暮らしているのに――と。

（ああ、これは大反省だ。帰ったら、エリザベスにでも聞いてみようかな？　さすがに意味がわからないかな？　みんなと一緒にササミのおやつをもらって、食べたがってたぐらいだし。ましてやエリザベスにとって人間からのおやつは、愛情の証《あかし》だしご褒美だ。飼い犬にとっては、何一つ悪いことではないんだから）

　こうして士郎の昼休みは、反省で終わった。

　裏山の彼らと友好関係にあればあるほど、もっと自分が正しい付き合い方を学ばなければならない。

　どんなに士郎が、見聞きするものをすべて覚えているからと言って、何でも知っているわけではない。

　逆を言えば、見聞きしていないものはまっくわからないのだから、こればかりは学習するなり、誰かに教えを請《こ》うしかない。

万が一にも彼らを危険な目に合わせたくないと思えば、人間たちとの適切な距離感だけは、知っておかなければならないからだ。

(明日は土曜だし、まずは今日のうちに専門書を探して読んでみようかな。あとは、エリザベス経由でロットワイラーたちに直接聞くのがいいかな？　これればかりは、当事者たちの意見にもよるだろうし。専門書とはいえ、結局は人間目線からの本だもんな――)

ただし、その学習方法は、士郎にしかできないやり方だった。

また、ササミのおやつ大好きエリザベスを介している限り、裏山の彼らから「ササミおやつカモン」以外の返事が士郎にくることは、まずないに等しかった。

＊＊＊

(――よし。善《ぜん》は急げだ。今日はネットで専門書の検索をして、それから図書館へ行こう。でも、置いてあるかな？　児童館と併合した図書館だし、そこまで詳しい本は置いてないかな？　それとも図書館に置いてある本って、児童館の公式サイトに載ってたっけ？)

士郎がそんなことを決めた放課後のことだった。

「え!?　士郎くん、今日もお出かけなの？　もしかして、カラスのところへ行くの？　それなら僕も連れて行って！」

「俺も行きたい！」

「なっちゃも！」

「今日は図書館だよ。すっごく難しい本を読みに行くんだ。それにもう、カラスのところへは行かないよ。普通に遊ぶなら、明日公園に行こう」

「そうなの？　残念～」

「俺も、ざんね～ん」

「なっちゃも～。も～。も～。も～」

「ごめん、ごめん。すぐに帰ってくるから。じゃあ、行ってくるね」

「は～い」

「いってらっしゃ～い」

「も～っ」

一度帰宅してから、着いてきたがった弟たちに言い聞かせて、一人で図書館へ向かう。

（七生の、お尻を振りながらの、も～。も～って。この前の僕の真似というか、あれの続きなのかな？　ちょっとしたことでも吸収し、自分の甘え技に転換していくって、すごいな。唇を尖らせて、も～って。可愛すぎて、寧兄さんなら〝はいはい〟って言うこと聞いちゃいそう。――ん？）

だが、途中の公園には、見知った顔の上級生たちと大地や星夜が立ち話をしていた。

手には、それぞれスマートフォンが持たれている。

「なあなあ。旧町のほうで刑事さんが聞き込みしてたってよ」

「ああ。それって俺ん家にも来たっぽい。この前の一九四階段《いくよ》での突き落とし事件でさ、士郎たちと一緒になって〝高梨《たかなし》さんは犯人じゃない。犯行時刻には別の場所を歩いてた〟って証拠映像を、町内中の防犯カメラを付けている家から探し出したじゃん。それで、改めて他に怪しい人を映してないか、見てないかっていう、再捜査してるっぽい。母ちゃん、ノリノリでメール寄こしたよ。これ、本物の警察手帳ですか⁉　コスプレグッズじゃないでしょうね！　って。逆に質問し返したって」

どうやら、最新情報のようだ。

士郎は自分用のノートパソコンこそ持っているが、スマートフォンやキッズ携帯の類《たぐ》いは中学生になってからという家庭内ルールのため、まだ持っていない。

だが、同級生や上級生たちは、大半以上が持っている。

今や、携帯ゲーム機よりも、多いかもしれない。

ただし、その理由は明確だ。

最寄り駅から離れるにつれ、一家に一台二台は自家用車がある土地で、コンビニも少なければ、昔のような公衆電話もほとんどない。

そのくせ、子供を狙った事件のニュースが増える一方なので、何かのときの連絡用にと、親のほうが持たせているのだ。

　充功からのメールが早々に拡散されるのも、こうした現実の賜物であり、また、この捜査話も、すでに誰もが知るところになっているかもしれない。

「うわっ！　母ちゃん、すげぇ用心深さだな」

「けど、再捜査ってことは、真犯人捜しだよな。なんか、こういうのって、本当に身近で起こることなんだな」

「近所のおまわりさんやパトカーなら見かけても、私服刑事なんてテレビの中でしか見たことないもんな」

「うんうん。それで最後に海の崖っぷちで、罪を自白するケースな。うちだと、おばあちゃんが毎回〝そうだと思ったのよ！〟とか、言いながら見てるやつ！」

「あ、それうちは、お母さんがよく見てる！　まったく同じこと言ってるよ～」

　都下のベッドタウンとはいえ、十階を超えるビルやマンションが建つのは、主に駅周辺から学園都市が広がる、希望ヶ丘町とは反対方面だ。

　一本道が違えば、田畑が見渡せるような町内で、殺人未遂及び傷害事件の発生は、センセーショナル以外の何ものでもない。

　ましてや最近まで親の代から住んでいた地元民・高梨が、誤認《ごにん》逮捕までされたのだ。無罪が証明されて、すでに釈放されて引っ越した先に住んでいるとはいえ、犯行現場を知る住民たちの関心は高い。

再捜査となった今、警察側にしても、必死さが違うだろう。

ただ、これらの情報を耳にした士郎が足を止めたのは、噂話に混ざるためではない。

この場に大地がいたためだ。

「そしたらうちには、夜とか土日に来るのかな？　平日の朝から夕方までは誰も家に居ないし」

「絶対に来るよ！　大地くんのところは、高梨さんちのお隣だし」

そもそも彼が「少年探偵団」を言い出したきっかけが、この一九四階段事件だった。

被害者を、その名の通り一九四段もある階段の上から突き落とし、重傷を負わせた殺人未遂及び傷害罪の容疑者にされた高梨や、その妻子とは、顔を合わせれば挨拶をする程度の関係があったからだ。

そのため、自分も高梨の無罪を証明しようと張り切ったし、士郎が「僕らにできることは、ご近所巡りで無罪の証拠探しのみ」を主張しなければ、真犯人捜しのほうへ突っ走ったことだろう。

大地は士郎から見ても、日頃から観察力や洞察力に長《た》けている。そこへ持ち前の正義感や好奇心が加わると、よくも悪くも半端な距離間で真犯人に近づいてしまいかねないところがあり、かえって危険な域へ入り込みかねないからだ。

「だからって、間違っても、俺も犯人捜しに協力しよう、捜査しようなんて考えたら駄目だからね」

士郎はあえて、からかうような口調で声をかけた。

「――士郎！」

「前にも言ったけど、僕らにできることは、聞かれたら知っていることを答えるくらいが精々だよ。変に動き回ったら、再捜査の邪魔になるし。ましてや知らないうちに犯人に近づいていて、逆恨みでもされたら大変でしょう。僕はそれが一番心配だからさ」

決して頭ごなしに、変なことに首を突っ込まないでね――とは言わない。

この辺りは、あくまでも心配する気持ちを前面押しだ。

「あ、うん。わかってる。この前士郎が、俺たちはただの小学生なんだからって言ってたし。漫画じゃないんだから、できることとできないことがあるっていうのも、そりゃそうだよな――って思ったから。それに、アストロラーベの犯人が、カラスだったなんてパターンもあるわけじゃん。万が一、真犯人が町内の人だったら？　とかは、やっぱり考えたくないから」

「なら、よかった」

言わんとすることが通じて、士郎もホッとする。

しかし、笑顔になれたのは、ほんの一瞬だ。

大地の目が、キランと光る。

「でも、一九四階段から突き落とされた被害者って、弁護士さんだろう。ってことは、やっぱり過去に弁護した事件の関係者とか、怪しいよな」

「大地くん！　だから僕は、そこが心配なの。なんとなく、そうかもねって思えそうなことを、そうやって考えついちゃうでしょう。けど、そもそも過去に弁護士が必要なことに係《かか》わっているような人が真犯人だったら、もっと怖いじゃない。最悪、刑務所から出てきた人かもしれないんだよ？　万が一にもそんな人と係わって、自分やお母さんが襲われたりしたら、どうするの？」

ただ、次は士郎も強く出た。

敢《あ》えて母親という存在も出して言い含める。

「――え、あ。お母さん」

「僕の言いたいこと、わかるよね」

「うん」

父親と死別し、兄弟もいない大地にとって、母親は唯一の肉親だ。

自分の好奇心や迂闊さから、危険なことに巻き込むようなことがあれば、どこの誰より大地自身が苦しむことになる。

「なら、探偵ごっこの推理は、せいぜい友達同士の話だけにしよう。絶対に行動しちゃ駄目だよ。もちろん、これだけ話が広がっていたら、なかったことにはできない。みんな犯人が捕まるまでは、きっとあれこれ考えちゃうとは思う」

しかし、これは大地に限ったことではない。

士郎にとっても同じだし、星夜や一緒に話を聞いていた上級生たちにも言えることだ。

「でも、だからこそ、なんか気になるな――ってだけで、現場や近くを見に行っちゃ駄目だって思うんだ。お願いだから、僕に心配かけないで。みんなにも、そう言ってほしいんだよ」

「うん！　わかった」

いつになく神妙な顔つきを見せた士郎に、大地は大きく頷いた。

「星夜くんも。先輩たちも、お願いします。僕、本当にそれが一番怖いから」

「わかったよ！　僕も士郎くんに心配させないようにするし、みんなにもちゃんと伝えるから」

星夜も大地のあとに続き、同時に声をかけられた上級生たちもまた、大きくはっきりと頷いてくれた。

「――だよな。了解！」

「俺たちも、旧町の友達や母さんたちにも言っておくよ」

「うん！　めっちゃ士郎が心配して怖がってるから、事件には近づくなって。な！」

「ありがとうございます」

士郎もぺこりと頭を下げて、笑って見せる。

実際、何かしらの恐怖を体験しないところで、自然と湧き起こる興味や好奇心を抑えるのは難しい。

だが、最初に高梨が誤認逮捕されたときは、こうした聞き込み捜査があった話は、近所の噂でも聞いていない。

おそらく、その必要もなく逮捕されたところに誤認が生じるきっかけがあったのだろうが、これらが一度リセットされたことで、慌てているのは警察だけではない。

真犯人も同じはずだ。

そうなると、まさに〝触らぬ神に祟りなし〟の状況だけに、士郎は一九四階段とその周辺には、近づかないことを吉とした。

これだけ大地たちに言ったのだから、まずは自分自身もその姿勢で――と。

「――で、珍しく一人でどこへ行くの？」

話が一段落したところで、大地が聞いてくる。

「図書館だよ。ちょっと読みたい本があって」

「なら、一緒に行ってもいい？」

何か特別な用があって、ここにいたわけではなさそうだ。

再捜査の話を聞きつけて、なんとなく集まっていたのかもしれない。

「いいよ。でも、僕は本に夢中になっちゃうと思うけど。それでもいい？」

「全然、ＯＫ。な、星夜」

「うん！」

士郎が同行を了承すると、大地と星夜は喜び勇んで、一緒に図書館へ向かった。

そうして、士郎がカラスの生態やら野生動物と人間界についての学術書などを手に取る間、二人は漫画コーナーで楽しんでいた。

「それじゃあ、また来週」

「学校でね～」

「ばいばーい」

だが、遊び盛りの子供たちにとって、放課後のひとときは短い。

士郎も図書館で目を通しきれなかった本は、借りて帰ることにした。

最近では裏山のカラスが時報代わりに帰宅時間を知らせてくれるので、士郎は時計がなくても大体の時刻がわかる。

「カァ～」

今も一定の距離を置きながら、頭の上を飛んでいる。

（いつものカラスくん。夕方の知らせとして流れてくる〝夕焼け小焼け〟を過ぎると、その後は約三十分毎に鳴いて教えてくれる。ってことは、公園にある時計でも読んでいるのかな？　もしくは腹時計？　なんにしても、かなり正確だ。すごいな――）

そんなことを思いながら、家の前まで戻った。

士郎が無事に帰り着くと、カラスはそのまま裏山へ飛んでいく。

（もしかしたら、見守られてるのかな？　見張られている感じじゃないから――、ん？）

だが、自宅の玄関前には、初めて見る男性三人と、高梨の弁護士を務めていた細身で年配の弁護士・熊田《くまだ》が立っていた。

（え!?）

――崇《たた》りになりそうな神には触らず、避けたはずなのに!?

士郎は、ふとそんなことを思いながら、苦笑いを浮かべてしまった。

2

スーツ姿で表れた四人の男性のうち、二人はこの界隈を回っていた再捜査チームの刑事だった。

誤認逮捕をした刑事とは担当も変わり、ある意味何もかも真っ新《さら》な状態から事件を見直し、真犯人を追っているらしい。

「ありがとうございました。本当に助かりました」

「ご協力に感謝します。本日は突然お邪魔して申し訳ありませんでした。それでは――」

そんな二人が兎田家を訪ねてきた理由は、

〝もし高梨氏の無罪を証明した際に集めたホームセキュリティの映像で、弁護士を通して無罪の証拠として提出した以外にも、まだ何かあるようならば貸していただきたい。一見無関係に見える物でも、なんでも構わないので〟

――とのことだった。

聞けば刑事たちは、朝から被害者である篠崎《しのざき》という男性弁護士が入院している駅向こうの大学病院から犯行現場の一九四階段、またそれに近い希望ケ丘旧町を転々と回り、聞き込み捜査をしていたようだ。

ただ、その中で士郎に映像を提供してくれた家々も訪ねたが、すでに上書きがされてデータが残っていないところが大半で――。

更には事件当日、他に怪しい者を目撃していないかなどを聞いても、大概の者がかれこれ半月近く前のことなど覚えていなかった。

自身の行動なら、スケジュール帳などで思い出せても、それ以外で目にしたかもしれない他人のことなど、そもそも気にとめていないからだ。

この辺りは、士郎が無罪の証拠集めの際に「早くしないと映像も記憶も消えてしまう」と危惧したことが、そのまま形となって現れている。

それでも一部では、前に士郎たちからも同じことを聞かれているので、そのときに答えたことくらいは覚えているかな？　と、「見るからに変な人は見ていないです」とはっきり言ってくれたらしい。

警察からすれば、初動捜査の失敗を痛感するばかりだ。

それでも幸運なことに、士郎の手元には、いったん各家から預かったメモリーカードの類いを即日返却する目的で取られたコピーデータが、まだ残っていた。

熊田に無罪の証拠として渡したものは、高梨の姿が映っているものだけなので、残されていたのは、それ以外の映像ということになるが――。

しかし、これが一から再捜査をする警察にとっては、貴重な資料となる。

データの内容や量そのものは、各家でばらつきがあるものの、どこかで真犯人の姿を捉えている可能性もあるからだ。

「――夕飯前でしょうに、かえって申し訳ありません。ここまで来たので、篠崎さんの様子を伝えておこうかと思い、ちょっと立ち寄っただけなのですが。まさか、警察の方と重なるなんて、思ってもみなくて」

そうして、玄関先で用を済ませた刑事たちが兎田家を去ると、颯太郎《そうたろう》の計《はか》らいにより、リビングソファで待機していた熊田が頭を下げてきた。

彼は、元々民事に強い弁護士で、高梨の妻からの依頼で離婚の仲介に入っていた。

だが、その後突然逮捕された高梨が、持ち合わせていた名刺から、彼に連絡。冤罪《えんざい》を訴え、助けを求めたことで、一九四階段事件にも関わることになった。

見た目や話し方も、気の優しいおじいちゃん弁護士だ。

また、そんな彼に同伴してきた三十代前後の男性も、一緒になって頭を下げる。

「いえいえ。お気になさらずに。むしろ、偶然ってこういうことを言うのでしょうから。ね、士郎」

「うん」

士郎は、新しいお茶を出してきた颯太郎と共に、熊田たちの前へ座った。

樹季や武蔵、七生の三人は、士郎が帰宅したところで一足先に帰っていた充功が、隣家へ預けに行っている。

そして、今日もご機嫌なエリザベスに子守を任せると、何食わぬ顔で戻ってきていた。

しかし、同席はしない。

一人でダイニングテーブルに着いて、スマートフォンを片手に、聞き耳を立てている。

「――あの、ご挨拶が遅くなりました。私、鵜飼《うかい》と申します。篠崎弁護士事務所にて、事務員をしております。本日は、突然私までお邪魔を致しまして、申し訳ございません」

落ち着いたところで、男性がスーツの懐から名刺を取りだし、颯太郎に手渡した。

中肉中背で身なりや言葉遣いもきちんとした、清潔感のある青年だ。

一見、人見知りしそうなタイプにも思えたが、名刺を差し出す様はとてもスマートだ。

「ご丁寧にありがとうございます」

まずは颯太郎が名刺を受け取り目を通す。

そして、微笑と共に、士郎にも回した。

(――鵜飼さん。確かに事務所の事務員さんだけど、高梨さんと篠崎さんが事件当日に、どうしてプライベートで会っていたのかを知っていた、数少ないうちの一人だ。不倫が原因で奥さんと離婚した高梨さん。けど、その不倫相手であった篠崎さんの妹、優子《ゆうこ》さんは、彼が既婚者とは知らずに交際をしていたから、プロポーズまでされて喜んでいた。それなのに、不倫だったとわかったことでショックを受けたし、激怒もしたしで、この件は弁護士であるお兄さんに相談、仲介に入ってもらった。奥さん自身は、騙された優子さんに罪はないし、悪いのは夫だからと、慰謝料請求は高梨さんにしかしなかったけど――)

名刺が士郎に渡ったところで、熊田や鵜飼の視線も、自然と士郎へ向けられた。

しかし、当の士郎本人は、名刺を見ながら鵜飼の立ち位置を思い起こしている。

(でも、一方的に騙されていた優子さん側は、お兄さんも激怒して、最初は結婚詐欺《さぎ》で訴えるどうこうという話にまでなった。ただ、さすがにそこまでは優子さん自身が望んでなかったのか、はたまた金品《きんぴん》を取られたわけではないから、詐欺罪が成立しなかったのかはわからないけど、高梨さんからは慰謝料をもらうだけで決着がついた。——で、当日二人が直接会っていたのは、金額決めの最終交渉か何かで。そこまでの経緯を、警察から聞かれて話したのが、この鵜飼さんだ。まあ、彼自身は職場で見聞きした二人のやり取りを、仕事の延長くらいの気持ちで記録していたんだろうけど——）

離婚に至った経緯や、高梨自身の性格はどうであれ、士郎は一九四階段事件に関しては、最初から高梨が無実だと信じていた。

なぜなら、犯行時刻と思われる二人の交渉直後。士郎はエリザベスの散歩中、偶然とはいえ、離婚や慰謝料のために手放すこととなった自宅前に立つ高梨の姿を見かけていた。

その表情や態度からは、すべてを失ったことへの後悔しか感じられなかった。

とてもではないが、殺意を持って篠崎を階段から突き落とし、現場から逃げ帰った直後の人間とは思えなかったのだ。

しかし、熊田からすれば、士郎の正確な記憶力による目撃証言、その時刻こそが、かえって高梨の犯行可能を裏付けるものになりかねない——ということだった。

それもあり、士郎は自ら決めて、高梨の無罪証拠を探す手伝いをしたのだが……。

その際、士郎は改めて事件を客観視するために、「今、知っていることだけでいいんです。決して危ないことはしませんから」という約束をして、高梨の妻から事件内容や詳細を聞き出していた。

ようは、その時点で熊田が警察と高梨本人から聞いた話を、そのまま又聞きする形で教えてもらったわけだが――。

そこではこの鵜飼のことも、「事務員の証言もあり」としか聞いておらず、年齢も性別も聞いていなかった。

当然、名前も今知ったほどだ。

(――というか。鵜飼さんの立場で、出先で雇い主が殺されかけたと知ったら、単刀直入に高梨さんにやられたんじゃ!? って思うだろうな。警察に事情を聞かれたとしても、あいつしか思い当たらない! ぐらいの勢いで、まくし立てても不思議がないケースだ。けど、そう考えると、高梨さんの無罪を知って、一番驚いているのは彼かも? なんにしたって複雑な心境だろうな――。この鵜飼さんって人も)

士郎は見終えた名刺をテーブルに置いた。

すると、それを待っていたかのように、熊田が話を切り出す。

「一九四階段の件では、私も鵜飼さんと何度か話をしていてね。今日は、篠崎さんのところへ見舞いへ行くと聞いたので、私もご一緒させてもらったんだよ。篠崎さん自身、事件のことに関しては、すでに警察から説明を受けたそうなんだが――。彼も職業柄か、事件を警察に丸投げする気がないみたいで。できたら私の視点から見た事件詳細も聞きたいからと、連絡を受けていたのでね」

彼らがこの地へ来た第一の目的は、回復した篠崎との面会だった。

士郎は、ふんふんと聞きながらも、ここは颯太郎に対応を任せる。

名刺をテーブルに置いたあとは、両手を両膝の上へ置いて、口を噤《つぐ》んでいる。

「確かに職業柄、気になることが多々あるんでしょうね。それに、高梨さんの弁護が終われば、熊田さんは同じ弁護士仲間だ。高梨さんの無罪を証明したことで、そのお仕事ぶりもわかるでしょうし――。信頼も芽生えているんでしょうね」

士郎の意図を酌《く》んでか、ここは颯太郎が返した。

「いいえ。それを言ったら、無罪を信じて証拠を集めてくれたのは士郎くんですし。さすがに、それを私の手柄だとは言えませんから、正直にお話させてもらいました。そうしたら、いたく感動していましたよ。なんというか、元は士郎くんが高梨さんの浮気を暴いたようなものですし、普通なら無罪を信じて行動できるものなのか――。そりゃ、彼を信じた以上に、自分の目を信じた分はあるでしょうが。それにしても、これが四年生の成し得たことなのか――と。おそらく今頃は、士郎くんのことで頭がいっぱいかもしれません」

しばらくは、熊田と颯太郎の間で会話が行き交う。

「で、まあ――。そんな話も出たので、鵜飼くんも一度、ご挨拶に伺いたいということになったんですけど。ね」

　すると、話を振られた鵜飼が、突然立ち上がる。

「本当に、なんと言っていいのか――。ありがとうございました！」

　何かと思えば、颯太郎や士郎に向けて、深々と頭を下げた。

「その、上手く説明できないんですが……。私の証言が、誤認逮捕の要因の一つになっていたのは確かだと思います。実際、私も警察の方から話を聞かれたときに、高梨さんが犯人だろうと思い込んで、話をした自覚があるので――。もしも、士郎くんが彼の無罪を証明してくれなかったら、今頃高梨さんは……。私は無実の人を――と思うと」

　やはり、鵜飼は鵜飼で、やりきれない気持ちがあったのだろう。

　そこは容易に想像が付く。

　たとえ事務仕事であっても、弁護士事務所勤務だ。

　一般勤めの者より、有罪、無罪、冤罪に対しては、過敏《かびん》でも不思議がない。

　それが証言者としてなら、尚更だろう。

「それは、警察に聞かれたから、ただ知っていたことを答えただけですし。鵜飼さんの立場なら、そう思い込んでしまっても、仕方がないですよ。ね、士郎」

「うん。僕だって、たまたましおれた顔の高梨さんを見ていたから、そんな事件を起こしたふうには思えないな――って気がして。それで、みんなに協力をしてもらっただけですし。本当に、こればかりは……、だと思います」

颯太郎から話を振られて、士郎もようやく口を開いた。

かといって、自分の立場からは、これ以上鵜飼に言えることはない。

今の士郎にできることがあるとするなら、彼の立場に理解を示し、着席を促すことくらいだ。

「士郎くん」

「でも、被害者の篠崎さん。いつの間にか面会ができるほど回復してたんですね。よかった！　ね、お父さん」

あとは、誰もが笑顔になれるような話題へ逸らし、また対応を颯太郎へ戻す。

「本当だね――。そう言えば、その後どうなったのかな？　とは、話していたんです。病院に運ばれて、意識不明で……、なんてところくらいまでしか知らなかったので。かといって、私たちから伺えることでもないし」

颯太郎も士郎の思惑を補助するように、優しい物言いで笑顔を浮かべる。

「それは、本当にすみません。ただ、私も直接お会いして、様子をお伝えしたかったものでで。それで本日、こうして寄らせていただいたんです。なんだか、話があとになってしまいましたが――。なあ、鵜飼さん」

「はい。先生も意識が戻ってからは、順調に回復されて。退院をしたら、真っ先に証拠を集めてくれた士郎くんや、協力してくださった住民の皆様に、ご挨拶して回りたいと言っておりました。特に士郎くんには、そんな賢い子には、絶対に一度会ってみたい――と。でも、それは私も同じでした。熊田先生から話を聞いたときも、まずは御礼を言いたい、こうして直に話もしてみたいなと思ったので――。その、地元では神童と呼ばれているらしい、士郎くんと」

場が和んだことで、ようやく鵜飼も笑みを浮かべた。

だが、士郎としては、あまり持ち上げられても、困ってしまう。

「それは……、熊田さんが話を盛りすぎたんですよ」

「そうでもないよ。私も最初に会ったときから、士郎くんの目の付け所には、感心するばかりだった。現場付近に防犯カメラがないことや、でもそれなら住宅街にあるはず――なんてことにまで気が付いて。実際に調べてもくれて。何より、そこからお友達や近所の皆さんが一丸となって、協力もしてくれるなんて――。そう思うと、まあ。確かに私も熱弁を振るったかもしれないね。篠崎さんにも〝熊田さん。なんだか自慢になってますよ〟と言われてしまったくらいだから」

熊田もここぞとばかりに、誉めてくれたが、すべてが士郎の発想や手柄ではない。

特に、現場付近の防犯カメラの所在に関しては、三歳年上の地元外友人であり、将来ホワイトハッカー志願でもある全国中学生模試一位に君臨《くんりん》する吉原繚《よしわらりょう》からの入れ知恵だ。

ときには、ハッキングで得た情報を極秘で回してくれたりする、士郎にとってはだいぶ特殊な知り合いだ。

できれば熊田のような肩書きの大人には、気にしてほしくないのもある。

「もちろん。周りが協力的なのは、この土地でご両親やお兄さんたちが築きあげてきた関係というか、繋がりも大きいんだろうけど」

むしろ、こういう褒め言葉なら、士郎も遠慮なく受け取れた。

「それは——。はい。間違いなく、そうだと思います」

「……士郎」

息子に自慢された颯太郎のほうは、かなり照れくさそうだったが——。

「でも、そうしたらあとは、一日も早く真犯人が見つかることを祈るばかりですね」

それでも士郎にとっての話題の善し悪しは、常に態度から察しているのだろう。

颯太郎が、話を戻すように、熊田や鵜飼に声をかけた。

「地元の方々も、早く安心したいでしょうしね」

鵜飼が頷きながら同意する。

だが、これを聞いた士郎が、ふっと表情を変えた。

「——あの、鵜飼さん。いきなりですが、一つだけ聞いていいですか？」

「ん？」

「鵜飼さんが知る限り、この希望ヶ丘やその周辺に、高梨さん以外で篠崎さんと面識があるというか、お仕事で関わったことがあるとかって方は、いらっしゃるんですか？　なんというか、真犯人が地元の人だったなんて、疑うのも嫌だよね——って話を、していた子たちもいるので」

これを士郎の立場で訊ねていいものか？　とは、思った。

しかし、警察に口止めされているなら、躱されるだろうし。そうでないなら、子供の問いかけ程度に受け取り、答えてくれるだろう。

大地が目を輝かせて言ったことは、士郎もまず考えたことだ。

ただし、士郎は常に一歩先の心配をしていたが——。

「ああ……。——それは、そういう考えになってしまう子がいても、不思議はないよね。でも、私には覚えがないかな。この辺りの住所は、仕事では見たことがないよ」

鵜飼は、少し間を開けて、答えてくれた。

一瞬、彼にも守秘義務が頭をよぎったのかもしれない。

だが、そこは引っかかる内容でもないと判断したのだろう。

どうやら希望ヶ丘やその付近に、篠崎と関係がある者——新たな容疑者になりそうな者は、鵜飼が知る限りではいないようだ。

「ただ、先生は常に仕事熱心で、正義感にも溢れていて、素晴らしい人だ。仮に、私が知る前であっても、人に恨まれるなんて考えられない。だから私も、高梨さんだと思ってしまったのだけど――。その、先生は本当に妹さんを大事にしているので、高梨さんにだけは、見たことがないほどきつく当たっていたんだ。私も、ビックリするくらい。でも、それくらいで普段はとても穏やかで、爽やかで――。決して、怒ったり、声を荒らげるような方ではないのでね」

もっとも、鵜飼からすれば、篠崎が狙われたことそのものが、納得いかない様子だ。

高梨が事件に無関係であるなら、なおのこと。

犯人像が見えてこないことに、近しい人間としての苛立ちもあるのだろう。

彼が発した言葉の端々から、揺れ纏う感情が伝わってくる。

「そうですか。けど、それだと本当に、真犯人捜しは難しくなりそうですね。通り魔みたいな説も浮上してくるだろうし」

そうして、士郎はここへ来て初めて〝通り魔〟という言葉を発した。

個人的な遺恨も理由もなく、行きずりで襲われることほど怖いことはない。

むしろ、そんな者が町内に出没したとなったら、それこそ一大事だ。

これには颯太郎も顔色が変わる。

「確かに。これはこれで、町内や学校への注意勧告が必要になるね」

「いずれにしても――、早く犯人が捕まるのを祈るばかりですな」

真犯人像が、広がれば広がるほど、警察の捜査も難しくなる。

これには熊田の口調も沈み、一度は明るくなったはずのリビングは、一気にどんよりとしたものになった。

＊＊＊

「バウンバウン、バウーン」

その夜、希望ヶ丘町内から始まった遠吠えは、波紋《はもん》のように周辺の町へ広がった。

「オーン、オンオン、オーン」

「アンアン！　アン！」

「わんわん！　わ～ん!!」

飼い犬から野犬まで入り交じったその遠吠えの大本は、士郎がエリザベスに頼んで出してもらった〝変な人がいると思ったら、まず逃げて〟という注意勧告だ。

実際、どういう形で、伝わっていくのか。

また、士郎が頼んだように、正しく伝わっていくのかは、わからない。

だが、それでもあちらこちらから共鳴するように聞こえてくるそれに、士郎はほんの少しだけ安心を覚えた。

庭先からは、「にゃ～」や「カー」も聞こえていたので、野良猫や野鳥の間にも、ちゃんと広まっていそうで――。

（ありがとう、エリザベス。人伝《ひとづて》のほうはお父さんや充功が拡散してくれるけど、本当に無差別的な通り魔だったら、野良たちだっていつ出会うか、襲われるかわからないからね。意識して用心するに、越したことはない）

おそらく大半の町民は、かえって何事か⁉　と驚いたり、困惑したりしただろう。中には、「どうして吠えてるの！　うるさくしたら、駄目でしょう。おやつ抜きよ」と叱られた、エリザベスのような飼い犬もいたかもしれない。

（それにしても、再捜査か。一刻も早く、真犯人が捕まってくれるといいな。さすがに、犯行現場近くに潜伏《せんぷく》しているとは思えないけど。篠崎さんへの遺恨《いこん》だった場合は、そうとも言いきれないしな――）

とはいえ、士郎の危惧などお構いなしなのが、いつも元気な弟たちだ。

「あ！　エリザベスたちが、お話ししてる～」

「あれって、挨拶かな？　それとも、今夜は何食べた？　とかかな？」

――などと言って、今夜の遠吠えにも大盛り上がりだ。

しかも、

「え！　今夜のアニメ、録れないの？」

「ドラゴンソードの劇場版なのに⁉」

「なっちゃ、だいだいのよ～っ‼」

八時を回ったところで、新たな問題が勃発《ぼっぱつ》した。

テレビでロードショーが始まる九時には、布団へ入るちびっ子たち。

録画が撮れるか撮れないかは、重大案件だった。

「ごめん。さっき警察の人に録画用のディスクを丸ごと渡しちゃって、予備がないんだ。前のアニメもまだ見てないから、上書きもできないし……」

これはうっかりしていたと、士郎も平謝りだ。

「しろちゃん。そしたら、日曜のにゃんにゃんやドラゴンソードも録れないの？」

「それは平気。明日買いに行けば間に合うでしょう」

ただ、樹季や武蔵にとって、もっとも大事なのは、日曜の朝の一時間。

二作のアニメとも、始まってからずっと録画予約で録り続けているので、これさえ録れれば今夜の分は、後日レンタルＤＶＤでもごまかせる。

士郎のお小遣いでも、フォロー可能だ。

「え⁉　そうしたら明日はお買い物？　オレンジモールの中の大きい電気屋さん？」

「大きい電気屋さんって、新しいゲームも売ってて、ちょっと触れるところ⁉　行く行く！　やったー‼」

「やっちゃ〜っ！」

だが、この三人。

こういうところだけは、常に士郎の想像を超えてくる。

もはや誰一人、今夜の録画のことなど気にしていない。

興味が一瞬にして、明日の買い物へ飛んでいた。

近所の大型のショッピングセンター・オレンジモールの中でも、お菓子売り場とおもちゃ売り場は、もっとも身近な夢の国だ。

これぱかりは、仕方がない。

「――しまった。変なスイッチを入れちゃったよ」

あまりのはしゃぎっぷりに、士郎も頭を抱える。

そうでなくても、外付けディスクを買いに行くのさえ、予定外の出費だ。

家計簿など見なくてもわかる。

ましてや、明日買いに行けば――と口走ったが、お金を出すのは兎田家の二本の大黒柱。

颯太郎と寧が管理する家計費からだ。

それこそ、彼らに断りもなく、決定事項にしてしまった。

「まあ、先は見えてたよな。ディスクを提供したところで、俺様が友人宅へ録画を依頼したといいた。ついでに、あのときみんなで掻き集めた映像が、新《あら》たに日の目を見て役に立ったことも伝えておいたから、今頃いたるところで二度目の万歳三唱《ばんざいさんしょう》をしてるかもな。注意勧告にビビってばかりよりは、活気づく」

するると、お前はまだまだ甘いな——と言わんばかりに、充功がスマートフォン片手に、ニヤリと笑った。

だが、そんな充功自身を、双葉や寧、颯太郎はキッチンから見ていて、「ぷっ」と吹き出している。

「さっきは聞き耳を立てながら、そんなことしてたんだ。でも、ありがとう。アニメの録画は助かる。それに、みんなで協力したものが二度も役立つのは、誰からしても嬉しいよね。不審者の注意勧告を気にしすぎて、暗くなっちゃっても困るし」

先ほどは一言も口を挟んでこなかった充功だが、こうした気遣いは、常に抜群だ。

完璧なフォローだけに、士郎も素直に感謝する。

「ああ。ただし、これで真犯人が見つかったら、三度目の万歳三唱だろうし——、!?」

すると、ここで充功の手中でスマートフォンが震えた。

そのまま画面を確認、指を滑らせる。

「沢田《さわだ》からだ。明日、沢田の母さんが、同僚の篠崎優子さんと一緒にうちへ顔を出したいみたい。それで、父さんと士郎は大丈夫かなって」

届いたばかりのメール内容を口にするも、想定外の打診だった。

「ようは、沢田さんが優子さんを案内してくる感じ？」

「だと思う。我が家に対して、すごい巻き込み方をしたのに、一度もきちんと謝罪や御礼をしていないから、挨拶にってことらしい。本当は、もっと早く来るはずが、一九四階段のことがあって、それどころじゃなかったらしくて——。今頃になって、本当に申し訳ないんだが——と。ってか、沢田のお母さん自身が、これから父さんに電話したいっぽい。仕事だったら申し訳ないから、先に息子経由で聞いてきたんだな」

「——そりゃ。身内が突然あんなことになったら、挨拶どころじゃないものね」

充功が説明していると、寧がポットにコーヒーを入れて、キッチンから出てきた。

「逆を言えば、そのお兄さんが面会できるくらい落ち着いたから、いろんなことに気も回って来たってことなんだろうし。うちとしても、悪くはない話だよね。本当に元気になってきたんだなって、安心できる」

あとに続いたのは双葉。

テーブルにテキパキと氷の入ったグラスやマグカップ、シュガーやコーヒーミルク、牛乳パックなどを並べていく。

「そうだね。そんなに気にしなくてもって思うけど。当事者からしたら、そうもいかないんだろうし」

用事が済んで、颯太郎もエプロンを外してキッチンから出てきた。

士郎は樹季たちに「おいで」と声をかけてから、ダイニングへ移動する。

「大体からして、うちが不倫現場に居合わせたのは、沢田の母さんからオープン記念の特売チラシをもらったのがきっかけだ。そこで暴走した七生が、デート中の彼女に突っ込んだことで、士郎が高梨さんと一緒だったことを覚えていて――、だしな」

充功や士郎が着席したときには、寧がグラスやマグカップにコーヒーを注ぎ始める。

「まあ。恐ろしく芋づる式に顔見知りで、世間の狭さを知った出来事だったよね」

「うちが子供の数だけ、一般家庭よりも世間に顔が広いっていうのも、あるんだろうけどな」

双葉は双葉で、少量のコーヒーの入った樹季と武蔵のマグカップに、シュガーと牛乳をそれぞれの好みに合わせて投入。七生の両手マグにのみ、牛乳が入れられる。

「でも、そうしたら樹季たちは俺が買い物へ連れて行くから、父さんと士郎はおもてなしでいいんじゃない？　というか、父さんが仕事で無理そうなら、俺が士郎と残って、双葉と充功に樹季たちを頼むけど」

そうして今夜も、夕飯後の雑談タイムが始まった。

夕飯時にしても、誰かしらが今日の出来事を報告しているが、だいたいそれだけでは終わらない。

一人の話が長いときもあれば、全員が話すときもあるからだ。

「父さんは大丈夫だよ。今夜のうちに、時間を作れるように調整しておくから。あ、なんなら、今から沢田さんに電話しておこうか。何時頃に見えられるのかを聞いておけば、みんなで買い物にも行けるし」

そう言って颯太郎が席を立つと、明日の予定は九割方決定だ。

「わーい！　みんなでお買い物だって」

「お買い物～♪　お買い物～♪」

「の～♪」

樹季たちも、明日の買い物が確約されたことがわかり、大好きなコーヒー牛乳もそっちのけで、いっそう大喜びだ。

「沢田さんたちは、お昼を済ませてから来るって」

要件のみで電話を終えた颯太郎がすぐに戻ってくる。

「そしたら、そのあとに買い物だね。時間によっては、フードコートで夕飯を済ませて帰るのもありかな？」

「え！　お外でご飯も食べれるの！」

「ひとちゃん。俺、お子様ランチが食べたい！」

「なっちゃも～っ」

何気なく発したこの手の提案が、ちびっ子たちに即決されるのは、今始まったことではない。

士郎の脳内では、外付けディスクに続いて、イレギュラー出費がぐるぐると回る。

「寧兄、うっかりしすぎ」

「こいつら、本当に地獄耳だな」

「ん～。まあ、たまにはいいじゃない。月に何度もあるわけじゃないし。フードコートなら、みんな好きなものが選べるし」

しかも、こうした流れのときには、寧が少ない小遣いの中から支払うことが多い。

また、それを見越した双葉が、アルバイト代から資金を提供したりもするので、最終的には「二人とも、これは家計費でいいじゃない」で、颯太郎がポケットマネーから出したりする。

ある種の様式美だが、こうした流れを見て育っているためか、兎田家は末っ子まで出し惜《お》しみをしない性格だ。

ただし、家族外でこれをすると、トラブルにもなりかねないので、そこはときと場合に寄りけりと躾《しつ》けられているが――。

「それでね、士郎。うちへ来たあとに、沢田さんたちは、お見舞いに行くんだけど、篠塚さんご本人が、できれば直接会って御礼が言いたいみたいで――。都合が合うようなら、一緒にご足労は願えますかって話もされたんだけど……、どうする？　みんなが買い物をしていいる間に、父さんだけ顔を出して来てもいいけど。でも、篠崎さんが会いたいのは、士郎だよね？　さっきの熊田さんたちの話からしても」

外食の話が固まる一方で、士郎の予定が増えていく。

「そうしたら僕も病院へ行くよ。直接元気な姿を見せてもらって、弁護士さんも無事だったよ、元気になってたよって言うほうが、協力してくれたみんなも喜ぶと思うし」

「なら、俺も～」

「充功も？」

「いろいろ拡散してる責任上な」

これに充功が便乗《びんじょう》したことで、明日の流れが決定した。

「そしたら、途中で買い物組とお見舞い組に分かれて、夕飯前にオレンジモールで合流しようか」

「そうだね」

颯太郎と寧の合意で、タイムスケジュールも完璧だ。

（充功ってば。そんな、僕を見張るようなことをしなくても――）

そうこうしている間に、壁掛け時計の針は、八時半を回っている。

そろそろちびっ子たちは、寝る準備だ。

士郎が率先して「ご馳走様」と言って、席を立った。

「士郎くん！　図書館で借りてきたのって、この厚い本？」

すると、同じく席を立った樹季が、パソコンデスクに置かれた本を指差した。

「カラスさんの本っておもしろいの？　読んで、読んで！」

「かぁ～の、ね～」

武蔵や七生も、カバーのカラスだけを見て、興味津々だ。

「あ――。それはちょっと読み聞かせには向かないかな。僕が一度読んでから、わかったことをあとで教えてあげるよ。そのほうが、きっと面白いから」

しかし、本の中身は学術書。カラスの生態をより詳しく、また科学的に知るための本だけに、こういうときは「あとでね」だ。

樹季たちも、士郎があとと言ったらあとなのはわかっているので、口を揃えて「は～い」で納得をした。

「しろちゃん。お勉強して、カラスの宝物を探しに行くのかな？」

だが、何をどう解釈したのか、武蔵はいっそう目を輝かせていた。

「うふふ。そうだといいね」

「カーたん。キラキラ、だいだいね～っ」

樹季や七生まで、更に宝箱に何かを入れたいのか、期待に満ちた笑顔を浮かべ合っている。

（いや、違うし！　どこまで都合よくできてるんだよ、武蔵たちは――）

ある意味、これが年相応の子供らしさなのだろうか？

士郎自身には、こうした発想や記憶がないので、ちゃっかりしているなと思う反面、説明の付かない羨ましさを感じる。

（でも、これはこれで、夢があるのかな？）

ただ、だからこそ、大切にしたい。

弟たちのこうした発想や笑顔を守っていきたいとは思った。

（カラスの宝物探し――か）

3

翌日――土曜日。

沢田と優子が一時過ぎに兎田家を訪れると、手土産《てみやげ》を渡す程度の挨拶だけを済ませて、病院へ移動することになった。

二十代後半で、天真爛漫《てんしんらんまん》を絵に描いたような女性である優子は、以前、大型スーパーのオープニングセールで、寧と士郎、七生の三人を見ただけで、「天使」と称賛しただけあり、改めて家族全員を前にしたときの感激ぶりは、すごいものだった。

会社でも沢田から「希望ヶ丘のキラキラ大家族」の話は、よく聞かされていたらしいが、父子八人揃ったときの見事な年代別のグラデーションは、想像を絶するインパクトだったらしい。

そこへ寧が、弟たちを移動させるに度に、「ひー、ふー、みー、よー」と数えていくものだから、終始「可愛い」「可愛い」を連呼《れんこ》し、ジタバタしていた。

また、「やっぱり結婚して、こんな子供がほしい～」とも、口にした。

それを聞いたときには、士郎のみならず、颯太郎たちも心から安堵し微笑んだ。

特に、彼女の交際からプロポーズ話、不倫発覚から崩壊までを、逐一側で見聞きしてきた沢田など、「よかった」と言って涙ぐんでしまったほどだ。

「それじゃあ、あとで合流ってことで」

「悪いね、寧。双葉。樹季たちを頼むね」

そうして、まずは最寄り駅に隣接している大型のショッピングセンター・オレンジモール前で、颯太郎が車から買い物組の五人を下ろした。

「樹季、武蔵、七生。二人の言うことをちゃんと聞くんだよ」

「は～い」

「りょーか～い」

「あいちゃっ！」

その後は沢田の車のあとを付いていく形で、篠崎が運び込まれたまま入院している大学病院へ向かう。

士郎と充功、颯太郎にとっては、母親であり妻である蘭《らん》が運びこまれたまま帰ることのなかった病院だけに、門を潜《くぐ》ったときには、無意識のうちに息をのんでいた。

「お見舞いは僕とお父さんで平気なんだから、充功も寧兄さんたちと一緒に子守に回ればいいのに。大変じゃない。二対三じゃ」

それでも、入院病棟内を移動し始めると、士郎は深呼吸がてら充功に話しかけた。

見舞いの品を手にした颯太郎と沢田は、並んで前を歩いている。

沢田自身、蘭のママ友の一人であることから、思い出話も出ているのだろう。

そのため優子は、自然と二組の間を歩いている。

「そうでもねぇよ。こういうときにお前を野放しにして、また何かに足を突っ込んだ日にはもっと大変だからって、寧や双葉も言ってたし」

「嘘だ～っ。お父さんもいるのに、そんなことは言わないよ。少なくとも寧兄さんは」

「ってことは、双葉なら言うって、わかってるんだろう」

「――」

他愛もない会話で図星を指されて、士郎が唇を尖らせる。

それを聞いていた優子が、クスクス笑い、振り返る。

「本当に仲がいいのね。特に、充功くんだっけ。なんだか、兄を見てるみたい」

「――え？　篠崎さんって、充功みたいなタイプなんですか？　それって、昔はやんちゃ系とかだったんですか？」

士郎が話に乗ると、優子が話を続けた。

「そうじゃなくて、世間で言うところのシスコン？　なんていうか、年も離れてるせいか、昔から両親以上に甘いし、厳しいし、心配性なのよ。小さい頃、私の身体が弱かったのもあるんだけど。とにかく、やることなすことチェック魔で。おかげで、まともに彼氏もできなくて……。でも、できたと思ったら、これですもの。話したときには、怒られるし泣かれるし、またしばらく頭が上がらないわ。いっそ今の会社を辞めて、うちの事務所で働けとか言い出すし――」

前を歩く優子の話に相づちを打ちつつ、充功が士郎に耳打ちをする。

「俺、そこまですごいか？　というより、どっちかって言ったら、お前のほうが似てるんじゃないか？　樹季への扱い方が」

「失礼な。確かに似てるかもだけど、束縛はしてないよ」

誰が聞いても、どっちもどっちな争いだった。

だが、優子の耳に届いていなかったためか、二人の小競り合いが止まることはなく、また優子自身の話もそのまま続く。

「――本当。そろそろ兄にこそ、結婚相手を探してほしいのに。なんていうか、職場もマンションも都心なら、すぐにでも相手が見つかるのかなって思ってたのに。案外そうでもないのよね。こういったらあれだけど、モテない顔でもなければ、年収でもないと思うんだけど」

(!?)

話を聞く士郎の眉間に、皺が寄った。

「どうした？」

「――ん。無自覚っぽいけど、優子さんのほうが、僕らと同じ属性を感じるかなって」

今度は士郎のほうから充功にヒソヒソした。

「だな。あれは完全にブラコンだと思う」

姉妹はいないので、シスコンの類いはよくわからない。

しかし、ブラコンに関してなら、最低でも自分を含めて八パターンは知っている。

優子が兎田家の誰に似ているのかはさておき、士郎と充功に同族扱いを受けるレベルのブラコンとなると、筋金入りだ。

この先、どんな兄が登場するのかと、これはこれで興味が湧いてくる。

「――失礼します。沢田です。兎田さんたちをお連れしました」

そうして沢田がノックし、開いた扉は、外科病棟の個室。

中には、知らせを受けてベッドの背を立て、身体を起こして待っていた事件の被害者であり、弁護士でもある篠崎がいた。

いっときは意識不明の状態が続いただけあり、頭には包帯が巻かれて、右腕と右足は骨折しているのかギプスがはめられ、なんとも痛々しい姿だ。

だが、それにもかかわらず、三十半ばあたりの成熟した男性のマスクには、かすり傷さえ精悍さを増すアイテムと化しており。カーテン越しに差し込む自然光は、振り向きざまに笑った男の笑顔を、三割増し良く見せている。

「初めまして、兎田です」

「――あ。この度は、大変お世話になりまして。篠崎と申します。こんな姿でお呼び立てしてしまって、本当に申し訳ありません。わざわざいらしていただき、本当にありがとうございます」

まずは颯太郎が側へ寄り、挨拶を交わす。

士郎と充功は、最後に部屋へ入り、扉を閉めた。

「あ～。わからないでもないね。篠崎さんって、イケメン高学歴を絵に描いたような男性だ。鵜飼さんも言ってたけど、爽やかさもあるし、それも正統派。なんか、俳優さんにいそうな、テレビの中の人っぽいオーラだ」

　士郎は率直な感想を、充功に漏らす。

　ヒソヒソ、コソコソが続く。

「ああ。あれでシスコン、彼女なしって。むしろ、自ら恨みを買って生きてるんじゃないのか？　こういっちゃあれだけど、優子さんも面食《めんく》いになるはずだよ。高梨って、見た目だけならインテリ寄りのイケメンだし。むしろ、篠崎さんと向き合って、まったく負けてない父さんを、俺は今最高に見直してるぞ」

　普段から厳しい物言いをする充功だが、それでも「いい物はいい」とはっきり認めるタイプだ。

　同性の目から見ても、目の前の両者のレベルは、相当高い。

「うん。あの、ゆるふわキラキラ感は無双《むそう》だね。篠崎さんのイケメンぶりとは対象的だけど、光あるところでは、敵《かな》う物なしって感じ」

　ただ、篠崎が思いがけないイケメンだったことから、充功と士郎は、今更颯太郎の輝かしさを実感し、感心したようだ。

　だから、同じ顔のグラデーションで何を言ってるんだ!?　と、双葉辺りなら突っ込みそうだが、それでも家長《かちょう》の持つ貫禄《かんろく》はひと味違うのがわかる。

　沢田や優子など、ここぞとばかりに目の保養に徹しており、顔を合わせてはにっこり。

とても幸せそうだ。

そうする間にも、充功、士郎へと挨拶が回ってくる。

「初めまして、士郎くん。篠崎です。この度は、兄妹揃ってお世話になってしまって、本当に申し訳なかったね」

篠崎の本命が士郎だというのは、誰の目から見てもすぐにわかった。

颯太郎は、ベッド前に置かれていた丸椅子へ士郎を座らせると、一歩どころか、二、三歩身を引く。

当然、沢田や優子、充功もそれに合わせた。

そのため、ここから士郎は一対一に近い状態で、話を始めることとなる。

「いいえ。そんな」

「特に、高梨氏の証拠集めに関しては、なんて御礼を言ったらいいか。正直、私も意識が戻ったときには、彼にやられたんだと思っていた。あの日は、特に機嫌も悪くて。話がついたにもかかわらず、だいぶ酷く罵《ののし》ってしまったし――。自分にも、彼を煽る原因はあったからね」

「それは、仕方ないですよ。そもそも楽しい話をしに出向いたわけでもないのに、一九四段もの階段を上がることになるなんて。土地勘がなくて、あの公道沿いの駐車場を利用されたんだと思いますが。あれを笑顔で機嫌良く登れる人は、そうとう限られていますから」

だが、いざ会話が始まると、士郎は篠崎の肩書きに臆することなく、持ち前の饒舌《じょうぜつ》さを発揮した。

「——そこまで見抜いてるのか。というか、本当に着眼点がいいんだね。熊田先生の言うとおりだ」

「たまたまです。僕は普通の階段でも苦手なくらい、運動が駄目なほうなんです。だから、一九四階段ってなったら、半分くらいはきつい、つらい、仕方がないって思っても、そこから先は、逆ギレするかもな——って、気がしただけなので」

「大当たりだよ。私は体力には、そこそこ自信があっただけに、余計に腹が立ってしまったんだ。いざ、上がってみたら、なんだこれはって感じでね」

それとなく事件当時の話にも触れ、また今になって湧き起こった疑問を投げかける。

「それで、あの。今さっき優子さんから聞いて、気になったことがあるんですけど」

「——ん？　何をだい」

「すごく素朴な疑問です。もう、警察の方にも話されたと思うんですけど。どうしてあの日は、あのコースを選んで待ち合わせ場所へ行ったんですか？」

「コース？」

「はい。高梨さんと待ち合わせた、住宅街の中にあるお店へ行くのにです。篠崎さんのご自宅や事務所って、都心なんですよね？　そこからここまで来るなら、大概高速道路を使いませんか？　仮に使わなくても、都心方面から来る分には、僕の家のほう、ようは、希望ヶ丘新町を通り抜けて、あのお店があった旧町へ出ると思うんです。けど、それなら行き当たりばったりでも、入れる駐車場がちょこちょこあるので――」

そう。士郎は何気《なにげ》なく口にした優子の話から、篠崎が都心在住であることを知った。

地図上、これに強い引っかかりを感じたのだ。

すると、篠崎もハッとしてみせる。

「そうなんだ。そしたら、私の運も悪かったのかな。実は、高梨氏と会う前に、別件でグリーンタウンへ行ったんだ」

「グリーンタウン？　隣の市にですか？」

士郎は頭の中で、記憶している地図を広げる。

都心から来る際、意図して近県経由で大回りをして来ない限り、グリーンタウンは希望ヶ丘のあるオレンジタウンの先になる。

そこから希望ヶ丘へ戻るなら、確かに公道を走り、旧町から入ってくるのが一番近い。

「あ、それは――。私のことで勤め先の社長と会うためです。高梨さんは、私の会社の取引先の人だったので……。それで、挨拶がてら、いろいろと」

優子も話を聞きながら、背後から事情を説明してきた。

「――あ、はい。なるほど」

言われるまでもなく、優子の勤め先はイコール沢田の勤め先でもある。

本来なら希望ヶ丘辺りでは入らない、隣の市の大型スーパーのオープニングセールのチラシが流れてきたのも、元はと言えば沢田が勤め先で見つけたものを、息子経由で充功にくれたからだ。

しかも、それがあまりに破格値《はかくね》だったことから、兎田家では全員参加で買い出しに行った。

士郎の記憶では、自宅からスーパーまでの片道が、一般道でも車で四十分程度だったので、当日の待ち合わせ場所がどこであっても、隣の市内であれば、移動時間にそれほどの誤差はない。

朝一で別件を済ませられるのであれば、その流れでこちらに向かうほうが、篠崎としては都合がいいだろう。都心から出てくるなら、一日で済ませたいと思ったところで、不思議のない距離だ。

「それで先に社長さんと話をして、その後はナビに任せたら、あそこへ着いたんだ。まあ、ナビの案内も、間違いではないよね。実際、指定した店の住所に一番近いパーキングはあそこだったから」

ただ、そうした都合や流れから、あの一九四階段を上ることになったのだとしても、士郎からすればまだ疑問が残る。

「そうですね。でも、いざあの階段を前にして、他のルートを探そうとは思わなかったんですか？」

「待ち合わせの時間が迫っていたし、まさかあんなにきつい階段だとは思わなくて――。これはもう、本当に自業自得だよ。もしも私が車に戻って、別ルートから高梨氏と合流していたら、こんなことにはならなかった可能性もあるし。かといって、平坦《へいたん》な道を選んでいたら、車で轢《ひ》かれるか、刃物《はもの》で刺されるかしていたかもしれないし」

とはいえ、これに関しては、篠崎の性格によるものだった。

土地勘のなさに加えて、階段を甘く見たこと。何より、時間厳守を優先してのことだ。

「――あ。そこは本当に運ですよね。でも、理由がわかって、スッキリしました。ありがとうございます」

士郎は、自身の言葉通り、納得ができた。

「どういたしまして。けど、どうせなら、もっと聞いてほしいな。神童探偵くんなら、私が考えつかないようなところに、事件についての疑問を持ってくれそうで」

しかし、当の篠崎は、尚も士郎に聞いてきた。

彼にとっては、土地勘のある士郎が気になる部分にこそ、真犯人への糸口があると感じたのかもしれない。

「そんな――。今日までずっと、篠崎さんが東京方面から来たと思っていなくて。それで、単純にあれってなっただけですので」

「そう？　でも、まあそうか。知らず知らずに、一番酷な道を選んでたんだから」

「――あ。でも、そうしたらもう一つだけいいですか」

だからというわけではないが、士郎はお言葉に甘えて、質問を追加することにした。

「どうぞ」

「話し合いの場を設けた、あの店。旧町の住宅地にある、あのカフェを選んだのは、どなたですか？」

「!?」

待ち合わせをしていたのは、高梨と篠崎の二人だ。

聞くまでもなく、どちらかが決めたのだろうが、だとしても、ずっと不可解だった。

双方が車で来るのに、なぜ駐車場のない店を選んだのか？

強いて言うなら、高梨はまだこれから売る予定の自宅駐車場に止めることができるが、それでも店まで五、六百メートルは歩くことになる。

しかも、士郎が高梨の立場なら、まず立地的に選ばない店だ。

「それは、今となっては、痛い質問だね。特に、君のように澄んだ目をした子に答えるのは、情けない話だよ」

すると、篠崎の顔からスッと笑顔が消えた。

「私が鵜飼に頼んで、探してもらったんだ。少しでも多く、高梨にダメージを与えたくて。できるだけ彼の地元で示談《じだん》の話がしたいって……。我《われ》ながら、意地の悪い男だと思う」

（――あ、なるほど）

これはこれで理《り》にかなっていた。

話の内容的に、立場が上にある篠崎のほうで選んだ店なら、多少の不便さが生じても仕方がない。

頼まれて選んだ鵜飼にしても、土地勘がないところで店を探す基準がこれでは、高梨の自宅住所だけが頼りだったのだろう。

駐車場の有無は二の次だったのだ。

「それで篠崎さんは、余計に高梨さんが自分を恨むというか。感情的になって、殺意が芽生えても、仕方がないと考えたんですか？」

「まあね。けど、許せなかったんだ。大事な妹を傷つけた高梨が。だから、思いつく限りの仕返しをしてやりたかったんだよ。本当に、大人げない話だけどね」

しかし、この質問は、かなり篠崎を落ち込ませてしまった。

今だから、当時の自分を冷静に省みることもできるのだろうが、かといって家族を傷つけられた憤りが消えるわけではない。

「でも、法を破らない範囲の中で――、じゃん」

ふと、士郎の背後から声が聞こえる。

「充功」

「俺もお兄ちゃんだから、気持ちはわかるかな。というか、こう言ったら妹思いのお兄さんには申し訳ないんだけど――。地元で示談の話をしたくらいじゃ、高梨の立場なんて、どうにも変わらないですよ」

「え？」

「何せ、自分の浮気を誤魔化すために、奥さんとうちの父さんの浮気をでっち上げようとしたことで、町内中を敵に回したんで。離婚や慰謝料がなくても、あの町には住めないくらい、ヒソヒソされる対象になってました。だから、篠崎さんが思うほと、仕返しになってないんですよ。ね、沢田のおばさん」

充功の言いっぷりに驚く篠崎を余所《よそ》に、沢田にまで同意を求める。

だが、これはこれでどうなんだ？　と、士郎は心配になった。

いくら話だけとはいえ、優子の手前、そこまで高梨を貶《おとし》めていいものなのか？　と。

「――ま、まあね。そりゃ、愛妻家の兎田さんが不倫相手だなんて言われたら、婦人会もPTAも黙ってないわ。無実の奥さんや秋生《あきお》くんには申し訳ないけど、あの話が出たときには、町中に荒ぶったメールが拡散されたし、私もしたし……」

沢田も、隣に立つ優子の様子を窺いながら口を開いた。

だが、充功が切り出した話の第一目的は、あくまでも篠崎への気遣いだ。

割り切ってしまえば、笑い混じりで話せる内容だ。

「充功くんが言うとおり、お兄さんが気にするほどの仕返しにはなってないわね。というか、そのことは高梨さん本人もわかっていたからこそ、士郎くんが証拠探しを頑張ってくれたことで、心から改心したんだと思うの。高梨さん、釈放されてからご近所に謝って、御礼をして回っていたくらいだから――」

「……そう、ですか」

それどころか、最後は高梨自身や、まずい話をしてしまったかなと思う士郎のフォローまでしている。

「すみません。僕が変なこと聞いてしまって」

「いや、いいよ。士郎くんのおかげで、少し気持ちが楽になった。ありがとう」

それでも、二人で頭を下げ合うことになる。

と、そのときだ。

「――そうだ！　お兄ちゃん。これ、やっと見つけたのよ。開けてみて」

話題を変えるためだろう。優子が持参した荷物の中から、小箱を出した。

それも、ここへ来て「お兄ちゃん」呼びだ。

士郎はいったん席から立ち、彼女に場所を譲りつつも、ブラコンぶりを実感する。

「時計じゃないか」

小箱を開いた篠崎の顔が、士郎には樹季や武蔵の笑顔と被って見える。

「前に私がプレゼントしたのは、壊れた上に、警察に押収されちゃったでしょう。ただ、あれはあの年の限定型番だったし、さすがにもう売ってなくて。だから、一番似ている同シリーズの翌年版なんだけどね。だいぶ前のだし、ブランドロゴの色だけが銀と金で違うんだけど。お兄ちゃんが好きなブランドだし、すごく気に入っていたから」

「そうか。ありがとう」

（──ん⁉）

しかし、二人の会話を耳にすると、士郎の視線が小箱の中の腕時計に釘付けになる。

無意識に利き手の指が、眼鏡のブリッジに向かった。

「けど、鵜飼が見たら、さすがに引くかもな」

「鵜飼さんが？」

「実は、あいつも誕生祝いでもらったとかなんとかで、これとまったく同じものを普段使いにしているんだ。当時の人気のシリーズだから、被ったところで不思議はないんだけど」

「そうだったんだ！　やだ、それならもっと早く言ってよ。知ってたら別のにしたのに。というか、ほとんどお揃いの時計を付けて一緒に働いてるとか……。誰も何も言わなかったの？」

一瞬にして、表情が険しくなった士郎に気付くこともなく、二人はにこやかに話を続ける。

その様子を変に思い、顔を見合わせたのは、颯太郎と充功だ。

沢田は、仲睦《なかむつ》まじい兄妹の話に耳を傾け、必死に笑うのを堪えている。

「シンプルなデザインだし、気がつかないよ。むしろ気がつく人は、同じブランドメーカーのファンだから、趣味が合いますね——で、盛り上がるだけかな」

「そういうものなの？　お兄ちゃんたち、独身者同士なのに。普通はカッ……、仲が良すぎとか思われない？」

「思われないよ。仮に気付いて勘ぐる人がいても、お互いに頂《いただ》き物が被っちゃって——で、笑い話さ。そんなものですよね。兎田さん」

そうして、不意打ちのように、颯太郎へ話が向けられた。

篠崎は、おそらく五つも離れていないだろう相手に、賛同を求めたのだろう。

「そうですね。私もあまり人様の持ち物は気にしないですし。女性のブランドバッグとかでも、好みが合えば、知り合いと被ることもあるでしょう。それと同じですよ。ブランドものだけに」

「あ——。そう言われると……、確かに。かえって、ノンブランドのほうが、被らなかったりしますものね——と。どうしたの、士郎くん」

優子は颯太郎の説明がわかりやすかったのか、振り向きながら頷いていた。

だが、それと同時に、士郎の変化に気が付いたのだろう。両目を見開き、心配そうに声をかけてくる。

「えっと……、その腕時計を、よく見せてもらってもいいですか？」

きっかけをもらい、士郎が今一度、ベッドへ寄った。

「あ、どうぞ」

小箱が篠崎の手から士郎に渡る。

（上質な黒皮のバンド。白の文字盤に、黒の長短針とローマ数字のシンプルなデザイン。だからこそ、ワンポイントに入ったブランドロゴの銀が際立つ、上品なアナログ時計。けど、このSOCIAL《ソシアル》というブランドは、父さんが礼服を揃えているオーダーメイド専門の紳士服メーカーだ。そもそも時計メーカーではないから、オリジナル時計を作っているにしても、年間生産数はそんなに多くないはず。だからこそ、ファンの間では被るんだろうから、偶然お揃いになることは、不思議じゃない。ただ、不思議というより、おかしいのは――）

「時計が、どうかした？」

「はい。これ、警察に押収されたものと、まったく同じなんですけど」

篠崎に聞かれて、士郎がはっきりとした口調で答えた。

「——え？　ああ、そうだよ。年式が違うだけで、ベルトも何も同じだからね」

「いえ、そうじゃなくて。年式も何もまったく同じってことです。僕が熊田先生から見せていただいた鑑識写真の時計は、これと同じで文字盤のブランドロゴが銀色でした。色違いだったということは、篠崎さんの時計は金色だったってことですよね？」

一瞬、病室内の空気が変わった。

「!?」

特に篠崎の表情からは、笑顔が消えた。

＊　＊　＊

それから篠崎は、今一度士郎に確認をしてきた。

〝それは、本当に間違いない？　見間違えとか、記憶違いとかじゃなくて？　ごめんね。私自身、まだその写真を見たことがなくて。刑事さんからも、犯行時刻を断定するのに、押収させてもらったとしか、説明されてないんだ〟

理由は、本人が説明したとおりだ。

篠崎は、警察から事細かな説明や報告は受けていても、言葉や文字だけだったのだろう。ある意味、それで話が通じてしまう専門家でもあるので、押収されていた自身の持ち物に関しては、退院してから確認するなり、事件解決後に戻ってきたら――ぐらいに、考えていたのかもしれない。

〝――はい。時計は、転落時の衝撃でガラスが割れて、壊れていて、汚れも付いていたんですけど。強《し》いて言うなら、鑑識さんが撮った写真そのものが変色していたとか、ラッシュで色が飛んだとか、そういう理由がなければ銀でした〟

〝え？　どういうこと。お兄ちゃん。もしかして、事務所で外して、鵜飼さんのと間違えて付けてたんじゃないの？〟

だが、これを聞いた優子は、士郎とはまた別の発想で篠崎を問い詰めた。

むしろ、一般的な考え方だ。

しかし、これを聞かれた篠崎は、いっそう頭を抱えた。

〝いや、そんな覚えはない。時計は防水だし、外《はず》す理由もない。ただ――〟

〝ただ？〟

〝絶対とは、言いきれない。事件の前日に、ブランドショップで電池交換をしてもらったんだ。ただ、急ぎの案件が重なって、忙しかったから、鵜飼に頼んだ。で、ついでだから、本人も一緒に交換してもらったって話していたから、場合によっては……〟

士郎もここまで聞くと、篠崎と同じく、頭を抱えそうになった。

〝そしたらそのときに、鵜飼さんが自分のと間違えて、お兄ちゃんに渡したか。もしくは、

〝おそらく、鑑識写真の写りがおかしかったほうだと思うよ。鵜飼が間違えたんなら、さすがに今頃気がついているだろう。仮に、気付いているのに、黙っているとしたら、まだ入院中の俺に気を遣っている可能性もあるし――。ただ、昨日も面会に来てるんだから、やっぱり写真だとは思う〟

〝そっか！　そうよね〟

ただ、この場での時計の話は、優子の安堵した笑顔で幕引きとなった。

〝まあ、なんにしても気にはなるから、警察へ連絡をしてみるが。しばらく鵜飼にはオフレコな。今回のことでは、いろいろ心配かけてるし――。最悪、入れ替わったまま俺が壊していたら、いろんな意味で土下座《どげざ》ものだけどさ〟

〝何言ってるのよ。命が助かったんだから、鵜飼さんだって、それだけでいいって言ってくれるよ〟

〝そうか？〟

〝そうだよ〟

優子の笑顔に沢田も相づちを打ち、そこからは「それより、聞いて。兎田さんのところのご兄弟がキラキラでね――」という、話題に切り替わり。それは、面会を終えるまで、続くことになった。

そうして、その日の夜のこと――。

「結局、俺がいても、おかしなことに足を突っ込みやがったな！」

士郎は充功の部屋へ引っ張り込まれると、小声で怒られ、責められた。

午後の大半をショッピングセンターで遊び回り、夕飯をフードコートで済ませた弟たちは、その子守に全力を尽くした寧や双葉と一緒に子供部屋で夢の中だ。

颯太郎もすでに仕事部屋に移動しているので、今夜は珍しく二人きりだ。

ただし、充功に言われるまでもなく、士郎はすでにあの場に居合わせた颯太郎からは、「探偵ごっこは、ほどほどにね」と釘を刺されている。

それ以上でもそれ以下でもなく、士郎の判断に委《ゆだ》ねられているところが、ある意味強いストッパーだ。

しかし、充功はそれさえも許さない。

「突っ込んでないよ。僕は〝時計が同じだ〟って言っただけじゃないか」

「いいや。あのあと、帰ろうとしたときに、お前だけ呼ばれてただろう。よかったらお見舞いでいただいたお菓子を、もらって帰ってくれる？　とかなんとか言われてさ。篠崎さんから何をコソコソされてたんだよ」

士郎自身に選択、判断などさせるかという勢いで、追求してきた。

しかも、こうしたことには本当に抜け目がない上に、目をギランギランにして士郎を監視している。

——やはり、篠崎のシスコンは、充功寄りだ。

士郎は、そう納得しながら、話を明かす。

「コソコソってほどのことじゃないよ。〝ところで私の時計、士郎くんならどこにあると思う？〟って聞かれただけ」

「は⁉　それで」

「うーんって、首を傾げた。そしたら、〝わからないなら、そのほうがいい。けど、万が一思い当たる節《ふし》が出てきても、絶対に一人で近づいたら駄目だよ。私でも熊田先生にでも伝えて。これだけは約束してね〟って。それでおしまい」

「——え？」

そうして、あの場では優子に心配をかけまいとして、わざと流されたのであろう篠崎の思惑を代弁《だいべん》してみる。

それこそ、立ち話もなんだから——と、充功のベッドへ腰をかけた。

「弁護士さんだからね。ああは言っても、鑑識のプロが撮った写真が難ありだなんて、思ってないよ。かといって、大事な妹さんからもらった時計が他人のものと入れ替わったのに、気付けない自分だとも思ってもいない。だって、革ベルトの時計だよ。普段使いをしていたら、それなりに癖が付くものでしょう。文字盤のロゴ色まではうっかり見落としても、手首にはめたら感触が違うなとかって、普通は気が付くと思うんだ。篠崎さんにしても、鵜飼さんにしても」

「意味がわからねぇ。そしたら、お前の記憶違いを疑うのが、一番確かじゃないか。警察にあるのは、間違いなく篠崎さん本人のものだって思うのが」

これは長くなるな――と、予感してか、充功も隣に腰を下ろした。

「――うん。本当ならね。けど、篠塚さんだって、高梨さんが無罪ってなったら、じゃあ誰が自分をって思わない？　普通の人なら、友人知人を疑うことがなくても、彼は弁護士だ。いったん私情は抜きで、あの場で自分を襲うことが可能な人物が、どういう条件を持った人なのか、冷静に考えられる。ましてや入院中だし、時間だけはあるんだから」

士郎は頭の中で、現実に起こっていることと、それに対する自身の考え、また、篠崎や鵜飼の立場をも念頭に置いて、話を整頓していく。

「それで、最初の情報収集として、刑事さんや鵜飼さん、熊田さんに会った。けど、無実の証拠を集めたのが、地元の地形にも詳しかった僕だと知ったから、今日は僕に話を聞いてみたくなった。で、実際に会って、地元民ならではの素朴な疑問をぶつけられて、犯人像が固まってきた。もしくは、彼の中で絞り込まれてきたんじゃないかな」

「犯人像が――絞り込まれる」

ものの数分もしないうちに、充功も士郎の話に引き込まれていく。

自然と身を乗り出したところで、士郎が眼鏡のブリッジを指の先でクイと持ちあげる。

瞬間、充功の背筋がピンと伸びる。

「そう。そこへ僕が時計の話をしたから、確信に近くなった。誰かが、何かのために、事件の証拠品をすり替えた。普通に考えるなら、犯行時刻の詐称《さしょう》のため。高梨さんを犯人に仕立てるためかなって思うところだよね。でも、だとしても、わざわざ自分の時計を証拠品として残す犯人がいるかな？　って思うと――」

「鵜飼さんはないってことか？」

「そうとも言い切れない」

「なんなんだよ、それ――!!」

緊張が高まっただけに、はぐらかされた気がするのだろう。

充功の声が大きくなったところで、士郎の手が真っ向からその口を塞ぐ。

「だって、しょうがないじゃない。どんなに篠崎さんが、事件現場で時計をすり替えられたんだって言っても、鵜飼さんには前日に入れ替わったかもしれないって言える、状況があるんだよ。これで鵜飼さんが、なので〝自分の手元には篠崎さんの時計があります〟って言えれば、時計が事件のネックになることさえなくなる」

まずは黙って聞いて――とばかりに、士郎が話を続ける。

こうなると、独壇場《どくだんじょう》だ。

充功は、口をもごもごすることさえ、許してもらえない。

「でも、場合によっては、時計が入れ違った挙げ句に、実は気がつかないままなくしましたって話になったら、これはこれでどうしようもない。実際、昨日会ったときに、鵜飼さんは違う時計をしていた。なくしてしまったって言われても、嘘だろうって決めつけられる人は、誰一人いない。最悪、鵜飼さんが知らない間に時計を盗られて、事件に利用されたとまで想定したら、もう何がなんだかだ」

そうして士郎が、珍しく大きな溜め息をついた。

ある意味、あらゆる側面から事件を想定できてしまうからだろう。

と同時に、どうして高梨が誤認逮捕などされたかと言えば、この想定が足りなかったからだ。

それがわかるだけに、士郎も安易な決めつけはしない。

「ようは、現時点で鵜飼さんは、ものすごく怪しい。今の状況だけで考えるなら、一番真犯人に近い人だ。でも、これって決め手になる物的証拠か、目撃者、自供がない限り、疑わしいだけで高梨さんと一緒だ」

「でも、目撃者と証拠があるなら、そもそも高梨さんは誤認逮捕されてないだろう」

ようやく口をきけた充功が、自分なりの考えを漏らす。

こうしたところは、篠崎が士郎に意見を求めたところに、通じる物がある。

士郎自身、自分とは違う思い付きをする充功の意見を取り入れることで、いっそう細かく事件を見て、また想定できることを増やしていくのだ。

「それはほら、高梨さんには殺意に繋がる動機があるって判断されたからだよ。でも、鵜飼さんにそれがあるのかどうかは、本人にしかわからない。もしかしたら、篠崎さんには思い当たる何かがあるかもしれないけど――。でも、今のところはどうだろう？　いずれにしても当事者以外は、鵜飼さんが雇い主である篠崎さんに好意的で、大事にしてる印象しかない。だから、殺意に繋がる動機がわからないし、確固たる証拠が出てこない限り、容疑者にもしようがない」

とはいえ、話もここまでくると、暗礁《あんしょう》に乗り上げる。

今日の様子を見る限り、篠崎が鵜飼に対し、何かしらの疑問を抱いたことは確かだろうと思った。

だが、篠崎自身に、何か鵜飼に恨まれるような過去があるのかと言えば、今日の段階では、そうは思えなかった。本人も、思い当たる節がないので、この状況に困惑しているように見えたからだ。

「結論。話をまとめるなら、もうこの話には触るなってことだな。警察も弁護士も動いてるんだ。小学四年生の出る幕じゃない」

すると、ここまで士郎の考えを聞き終えた充功が、きっぱりと言い放つ。

「まあ、そうなんだけどさ。でも、僕としては、思い当たる節があるんだよね――。もしかしたら、篠崎さんの時計かもしれないものが、どこにあるのか」

なので、十分予想のつく結論を出された上で、士郎も最後の最後に言い放つ。

「は⁉　なんだと」

「でも、これってただ〝みーつけた！〟ってやっても、それで犯人が特定できるわけじゃない。篠崎さんの時計かどうかも、微妙なところだから、どうしようかなと思って」

驚いて立ち上がった充功を余所に、士郎は今一度眼鏡のブリッジに手をかけた。

「士郎？」

そうして、ますます困惑していく充功を見上げると、

「ねぇ。充功なら、どうする？」

士郎は不適な笑みを浮かべた。

充功は一瞬、ゴクリと生唾《なまつば》を飲み込んだ。

それは、三男充功にとって、これまでに見たことのない目つきをした四男士郎だったかもしれない。

士郎がなぜ、急にそんなことを思ったかと言えば、その瞬間の充功の表情。

そして、彼の瞳に映った自分の目つきや顔つきが、まったく覚えのない、初めて見るものだったからだ。

(――不思議なものだな。こんなに愛してくれる、恵まれた家族の中にいてさえ、一歩外へ出れば、決していいことばかりの毎日じゃなかった。むしろ、嫌な思いも記憶も、何一つ忘れていないから、辛くて泣きたくなる夜も、実際泣いた夜も、たくさんあった)

士郎は、充功の意見を聞くと、「それじゃあ、今夜はもう寝るね」と言って、話はいったんそこで打ち切った。

4

自室でもある子供部屋へ移動をすると、そこには寧や双葉も一緒に寝ており、いつもより多い四組の布団が敷かれていた。

樹季と武蔵と七生は、それぞれが寧と双葉に甘えて絡み付いたまま、眠っている。

（どんなに一生懸命忘れよう、お母さんが言ったように、頭の中でポイしようって思っても、それが上手くできなくて。どうして、こんなに忘れられないんだろう。見たこと聞いたことが頭に渦巻くんだろうって、頭は痛くなるし、気持ちは沈んでくるし――。何より百のいいことが、時にはたった一つの嫌なことで壊れてしまうことが、理不尽で数学的に理解できなくて。受け入れられなくて、いっそう苦しくなった）

パジャマに着替えた士郎が、布団の隙間を見つけて入り込もうとすると、そこへ着替えた充功もやってきた。

自分一人が別部屋というのもな――という、気持ちになったのだろう。

だが、そうなると、確実な寝床を確保するために、もう一組敷くことにした。

結果としては、新たに敷いたところへ二人で潜り込んだ。

弟たちと寝ることはあっても、兄と寝るのは久しぶりだ。

士郎はちょっと照れくささを覚えながらも、瞼を閉じた。

だからといって、すぐに眠れたわけでもないが――。

（人間って、どうしてこんなに弱いんだろうとか。百引く一がゼロどころか、マイナスになることがあるんだろうとか――。そんなことばかり考えたこともあった）

そうして、今一度思考を整頓するべく、考えた。

思えば、自分の泣き顔を見るのは、充功の瞳を通すことが多かった。

思い出の撮影の一部でもない限り、わざわざ人が鏡を覗いて、自分の泣き顔を見ることはない。

その姿を見て、知り、どう感じるのかを知ろうとするのは、役者くらいなものだろう。

そう考えると、自分の泣き顔を見るときは、それを見ている人の心にも触れるときだ。

士郎は、きっと一番怒って、哀しんで、慰める充功の姿を見ている。

そういう意味では、最も負の感情を分かち合っている兄弟なのかもしれない。

少なくとも、わざと泣き真似をしたときくらいしか、樹季の前では泣き顔は見せていない。

蘭の通夜、葬儀《そうぎ》のとき以外は——。

（でも、嫌なことが起こることで、少しずつ心が強くなったのかな？　同時に、決して当たり前ではない家族の愛情とか、周囲の人の愛情とかに感謝が増えて。百は百でも、重みや厚みが違ってきたのかもしれない）

ふと、士郎は閉じた瞼を開いてみた。

子供部屋だけに、真っ暗にして眠ることはない。

目が慣れてくると、視界がはっきりとしてくる。

カーテンの隙間から覗く、夜空の月も見える。

隣で瞼を閉じる充功の顔も。

（気がつけば、百引く一が五十になって、八十になった。そして、百引く一が九十九として受け止められて――。そうして、ある日。これまでのマイナスが一気にプラスに転じた。僕の記憶が、これまで負《ふ》の要素でしかなかった膨大な記憶というデータが、あのとき見かけた高梨さんの無罪への確信に繋がった。自分が否応なくため込んでしまう記憶が自信に繋がり、また努力や分析力への信頼にも繋がることになった）

こうしてみると、静かな夜だ。

静かで、穏やかな町だ。

などと思っていると、裏山のほうから遠吠えが聞こえた。

だが、これに答える声は聞こえない。

こういうときもあると、改めて知る。

（もちろん。記憶があるがゆえの誤解や追い込みには、気をつけなくてはいけない。それは、幾度となくお母さんやお父さんが教えてくれた。だからこそ、一つの物事を多方面から見て、調べて、確認する癖もついた。そうして自分なりに、いい記憶も悪い記憶も処理できるようになって。これを上手く、正しく、用心深く使えば、ときには大好きな人たちの助けになれるんだって、思えるようになった）

意識すれば、毎日が何かしらの発見だなと、改めて思う。

だが、そうでなければ、記憶はあっても、溜まっているだけだ。

そこに特別な価値は見出していない。

そう考えると、尚更溜まるばかりの記憶、日常のデータは気の持ちようであり、使いようだなと、口元に笑みが浮かぶ。

（そしてときには、真実を追い求め、辿りつくことにも——）

士郎は、瞼を閉じると、そのまま眠りの中へと落ちていった。

〝士郎！〟

随分久しぶりに、夢の中で母を見た。

普段から、鮮明に思い出せる姿とはなぜか違い、少しぼやけて感じたところが、かえって会いに来てくれたようで嬉しかった。


一夜が明けた日曜日。

樹季と武蔵、そして七生は、昨日買ってきた外付けディスクに録画をしながら、にゃんにゃんエンジェルズ、そしてドラゴンソードのアニメを堪能していた。

〝行くぞ、チビムニ〟

〝ムニーっ！〟

テレビの前にちょこんと並び、食い入るようにアニメを見ている姿は、これはこれで平和な証《あかし》だ。

颯太郎や寧、双葉も、のんびりとした朝を過ごしている。

ただ、士郎と充功は、これらの姿もアニメも見ることなく、今朝はエリザベスと共に散歩へ出ていた。

〝ねぇ。充功ならどうする？〟

〝当然、大人に丸投げだ！　漫画じゃないんだから、専門職のプロに任せとけ!!〟

〝――うん。わかった。なら、そうするよ〟

昨日の問答はなんだったのか、二人と一匹――ではなく。

野良猫、野良犬、野鳥たちまで含めて、ざっと四、五十匹と一緒に、学校の裏山にいた。

それも大カラスの巣の下に全員が集合だ。

「お前、丸投げするんじゃなかったのかよ!!　ってか、意味がわからねぇよ、この野良たち！」

あれよあれよと連れてこられた充功が、半ギレしているのも無理はない。

おそらく士郎の目的を知るなり、命令されるなりして充功を引っぱってきたのは、エリザベスだ。

しかも、士郎の手首にはワンワン翻訳機。

木の上には、我が巣を守るがごとく、大カラスがフーフーしながら羽を広げて、威嚇《いかく》状態だ。

なんとなくだが、大カラスを囲む小鳥たちが、「まあまあ」「落ち着いて」な雰囲気を醸《かも》し出している。

「僕があのときに見た時計の端切《はぎ》れっぽいものが、篠崎さんのものかどうか。それだけ確認して、篠原さんのものなら、丸投げするよ。でも全然違ったらそれ以前の話だろう」

「確証がないなら、やめとけよ。お前が確実に見たって言うなら、まだしも」

「でも、確率はけっこう高いんだよ」

「確率だ⁉」

そうして準備万端整ったところで、士郎が今一度考え直し、辿り着いた推理を説明し始めた。

「そう。第一に、成鳥したカラスが持つ縄張りって、巣から大体十キロ範囲なんだけど、一九四階段はその範囲内なんだ。第二に、僕は事件当日、高梨さんを見かける直前に、頭上を飛んでいくカラスの声を聞いた。そのときは、裏山のカラスかなって思ったんだけど、一緒にいたエリザベスに聞いたら〝違う子だ〟って答えた。今にして思えば、ここの大カラスだったたと思う」

「本当かよ」

「くぉ～ん」

「エリザベスは覚えてねぇって言ってるぞ。多分」

ここへ来て、充功もエリザベスも生活基本以外での意思の疎通《そつう》ができはじめている。

多分――のレベルだが。

「それも大丈夫。翻訳機には、今後の研究データにするために、エリザベスの返事データを残してる。あのときちゃんと〝違う子だ〟って答えてるから」

「……」

しかし、士郎はどこまでも、正確かつ無二の記憶を充功に突きつけ、黙らせる。

手首に付けた翻訳機にも、当時のエリザベスの返事を呼び出し、「これ」っと見せている。

「第三に、ここからは仮説。もしも犯行時刻の詐称のために、篠崎さんが時計を取り替えられたとしたら、その理由はなんだろうって考えてみた。時計はアナログだから、手動でも時間を変えることができる。でも、それなら手首から外す必要がない。必要になるとしたら、壊れていない時計を、わざと犯行時刻にセットして壊す力業《ちからわざ》に出るため。もしくは、壊れすぎてしまって、針が動かせないから、仕方なく外して、替えの時計と取り替えるためだ」

しかも、今回のことに限っては、意図せず巻き込まれたと言うよりは、自ら謎解きに挑んだ節があるためか、解説の一つ一つに熱が籠《こ》もっていた。

一方的に聞かされることを余儀なくされている充功からすれば、朝から脳をフル回転で、この説明を理解しなければならない。

けっこうな拷問だ。

「いずれにしても、腕から外したところで、カラスに盗られた場合、代わりの時計が必要になる。それ以外にも、転落中に外れてしまったことも考えたけど。なんにしても、犯人は時間詐称がしたくて、鵜飼さんの時計をはめたと思うんだ。これによって、犯人はアリバイが立証できるとか、そういうことなんだろうけど」

だが、自宅の裏山や、この辺から集ってきている野良たちが、士郎の話を黙って聞いていた。

少なくとも、そう見える姿で、ぐるっと周りを囲んでいるので、充功も黙って堪えるしかない。

内心、かなりの自覚を持って、士郎を構い倒し、庇いまくってきた充功からすれば、「結局こいつは俺の意見なんか、聞いてやしねぇ！」だ。

当然、充功の「お前が樹季を甘やかすからこうなった」理論からすれば、自業自得だ。

こんな士郎に誰がした――俺だ!! ということだ。

「で、第四に。僕がこの前アストロラーベを取ったときに、鎖が引っかかって、時計の一部が見えた。ベルトの付け根部分から文字盤にかけてちらっとだったけど、少なくとも同メーカーとか同シリーズの時計だと思うものだった。しかも、アストロラーベの下にあったから、巣に持ってきた順に重ねていったとしても、きちんとあってる。ってことで、僕の中では、八十％の確率ぐらいで、あの巣の中に篠崎さんの時計があるんだ」

そうして、ここ最近では、もっとも苦痛に感じた士郎の解説タイムが終わった。

すでにこの段階で、充功はだいぶ脳が疲れている。

「――だからって。それならあの巣が怪しいんですけどって言って、大人に丸投げしたらいいだろう」

「そんなことして、巣が壊されたり、丸ごと持っていかれたりしたら、カラスが困るじゃない。確かに宝集めはしてるけど、直接人間に危害を加えているわけでもないのに、そんな酷いことできないよ。大体、大人に来られたら、カラスだって引っ越さないといけなくなるかもしれない。向こうだって、相手が犬や子供だから、こうして対応してくれてるんだと思うしさ」

それでも士郎は、お構いなしだ。

突然その場に膝を折ると、頭上のカラスに向かって「どうかお願い」と頭を下げる。

「それでもカラス相手に、三つ指ついてよろしくから始めるって、意味がわからねぇよ」

「今一度、宝物を見せてください。場合によっては、ひとつ譲ってくれませんかって、交渉するんだから、低姿勢は基本だろう」

「低姿勢より、向こうからしたら、おやつや光り物だろう。早く出せよ」

とうとう充功が半ギレどころか、本格的にキレはじめた。

「今日は持ってきてない。餌付けになったら困るから」

「は⁉　お前、本当に頭は大丈夫か。確かにカラスが利口だって話は聞いたことはあるけど、そんな手ぶらで交渉なんて、できるはずがないだろう。この前のアストロラーべだって、結局は空き巣狙いで強奪《ごうだつ》の挙げ句、貢《みつ》ぎ物でごめん、許して！　だったじゃないか」

それにもかかわらず、士郎がさらっと言ったものだから、さすがに声を荒らげた。

「それは、そうだけど。でも、僕は二度と彼にとっての強奪者になりたくないし、間違った餌付けもしたくない。できれば程よい距離感で付き合い、助け合える、友達になりたいんだよ」

しかし、ここまで言うと、充功が口を噤んだ。

一秒、二秒、三秒はだんまりを決める。

そして、

「――ふぅ。今の今まで、お前はガッチガチの理系脳だって信じてたんだけどな。よく考えたら、にゃんにゃんファンタジー脳な父さんの子だったことを思い出したぜ」

「充功」

二人の視線が互いに向き合っているためか、頭上の大カラスが逆に身を乗り出して、様子を窺ってくる。

するといよりは、意を決したということよりは、完全にやけを起こした充功が、エリザベスのリードを引っぱった。

「もういい。こうなったら、やけくそだ。エリザベス！」

「バウ⁉」

「お前、通訳なんだろう。なら、大変申し訳ないですが、カラスさんの持ってる時計をくださいって、まずは伝えろ。今日は手ぶらで来てるけど、いつか御礼はするから。まずは友情の証として、譲ってくれませんかね？　って！」

さすがに士郎も、これには慌てた。

「ちょっと、充功。さすがに長文過ぎるよ。エリザベスのほうが混乱しちゃうって」

だが、慌てるべきところが、ちょっとズレている。

「バウン！　バウン……。バウ～っ‼」

（え⁉）

しかも、エリザベスが突然上を向いて吠えだした。

「カア！　カア！」

「にゃん」

「オンオン、オーン！」

なぜか、いつもの裏山軍団たちまで、一斉に大カラスに向けて鳴き、吠える。

(え⁉　何?)

士郎が慌てて翻訳機をセットし、見ると、目の前にボト――っと、時計が落ちてきた。

「――嘘!　くれたの⁉」

「うげっ、マジかよ!」

あまりのことに、翻訳機の文字を追うどころではない。

士郎は大カラスと時計を交互に見つつも、まずは目の前に落とされた腕時計をガン見する。

(やっぱり、間違いない。同じ時計だけど、ロゴは金色だ。こっちが篠崎さんの時計だ。しかも、これが本当の犯行時刻?　十一時二十七分十秒で止まって壊れてる!)

ここで触れては、自分の指紋《しもん》までついてしまう。

それより何より士郎としては、この時計に関しては「偶然、落ちていたのを見つけたんですが」「あれっと思ったので、触ることなく連絡しました」で済ませたい。

そう報告したいので、確認だけをして立ち上がる。

「どうなってるんだ、エリザベス」

「カァ～ッ」

「バウン!　バウ～ン」

充功の問いに答える？　カラスとエリザベス。

士郎は、改めて翻訳機の文字を確かめる。

そうするまでもなく、吠え方で一部は理解できるが、それでも一応確認をした。

「──何？　やっぱりササミなの？　僕からあげるんじゃなくて、エリザベスからあげるから、時計をくださいってお願いしたの？」

翻訳機には、やはり「ササミ」「おやつ」「あげる」などの文字に、最近足したハートマークまでもが、飛びまくっている。

超、ご機嫌だ。

「バウン」

「え、好き？」

尚も訴えを聞いていく。

「バウン」

「──友達。もしかして、友達だから、くれたってこと？」

続けて画面に浮かぶ文字やハートに、士郎の胸が熱くなってくる。

「バウ。バウン」

「でも、ササミなの？　あ、もしかして。もう友達だから、餌付け感覚にはならないよってこと？　おやつを分け合うとか、仲間だからお裾《すそ》分《わ》けとか……。そういう同等な関係だから、安心して差し入れください――、みたいな？」

半信半疑ではあるが、そうかなと感じる思いを、言葉にして聞いてみた。

相手がどこまで理解しているのかは、さすがに士郎でもわからない。

充功もじっと聞き入り、立ち尽くすばかりだ。

「みゃんっ」

ただ、いつもの茶トラが士郎の足に、身をすり寄せてきた。

周囲を囲む、他の野犬や野良猫、野鳥たちの視線もいつになく穏やかで、優しさに溢れている。

「そっか……。ありがとう」

胸どころか、これには目頭《めがしら》まで熱くなる。

反対側の足には、エリザベスが鼻っ面《つら》から頬をすり寄せ、「大好き」を伝えてくれる。

「――でも、だとしても、中には怖い人もいるんだ。感情のままに、人間同士でも傷つけてしまう人がいるから、誰彼構わず懐いて、甘えちゃ駄目だよ」

士郎はすぐにでも撫で返したいのを堪えて、茶トラやカラス、野犬たちに切々と伝えた。

すると、真っ正面にどっしりと立つロットワイラーが、その鼻っ面をクイとあげて見せてきた。

「オン」

（知ってる——、か）

翻訳機も、何もなくても、士郎は真っ直ぐに向けられた眼差しから、そう感じ取った。

しかし、これが間違いや勘違いだとは、まったく感じない。

なぜなら、

（でも、そう。そうだよね。きっとみんなのほうが、よく知ってる。僕より、ずっとたくさんの人間を見てきて。いい人も悪い人もいるってことを、実感してきて。そうして今は、野生の中で生きている。僕との距離にしても、本当は君たちから測って、こうして来てくれてるんだもんね）

相手は見るからに血統書が付いていてもおかしくない、洋犬ロットワイラーだ。

すでに何代か住み着いていそうな野良猫たちはともかく、裏山の野犬のほとんどが、人に飼われていただろう純血種たちだ。

他に、理由はいらない。

人が持つ、残酷で無責任な一面を知るには、彼らの姿だけで十分だ。

そして、それは士郎だけでなく、充功にも理解できていることだろう。

「士郎。とりあえず父さんから篠崎さんと熊田さんに連絡を入れてもらったぞ。いろいろヤバそうな気がするから、手を付けずそのままにしてるって送ったら、先に地元の警察官を向かわせて回収するからって、篠崎さんが言ってきたって。あと、それは自分が頼んで探してもらったことにするから、話も合わせといてくれってさ」

いつの間にか充功の手には、スマートフォンが握られていた。

「うん。わかった。ありがとう」

すべて、士郎が望んでいたとおりだ。

「約束は守れよ。あとは大人に丸投げだからな」

「は～い」

「バウン！」

それから二人と一匹は、地元の警察官を待ちつつ、大カラス説得の応援に来てくれた野犬たちに、帰宅を促した。

「カァー」

「まあ、さすがに、君はここが家だもんね」

頭上のカラスだけは、最後まで成り行きを見届けるように、巣から士郎たちを見下ろしていた。

＊　＊　＊

それから数日後のことだった。

士郎が学校から帰ると、熊田から衝撃的な電話が入った。

「自首《じしゅ》!?　鵜飼さんが自首したんですか？」

彼が犯行に及んだ理由はさておき、逮捕ではなく、自首したことが報告された。

あれから更にいろいろと考えた士郎だったが、これは想定外だった。

思わず受話器を握る手に力が入る。

〝――ああ。彼からすると、あると思っていなかった映像データのコピーが君の家にあり、それが目の前で警察へ渡っただろう。その内容が、どこから何が撮られているのか、まったくわからないという辺りで、運が悪ければ、自分の姿が映り込んでいる可能性があるとは、思っていたらしい。だが、そこに映り込んでいなければ、逆に自分は容疑者候補からは外れる。むしろ、最初に事情聴取をされたさいに使ったアリバイが生きることもあり、一か八かという賭《か》けには出ていたようだ〟

篠崎からでも、話を聞いたのだろうか？

それとも警察に伝手でも？

なんにしても熊田は士郎に、どうして鵜飼が自首するに至ったかという経緯のようなものを話してくれた。

聞けば、きっかけがこの家にあったからかもしれない。

〝ただ、現場からそう遠くない場所で、どうしてか自分の時計が拾われたというメールを篠崎くんから受け取ったところで、もはやトリックがバレるのも時間の問題だと悟ったらしい。時計が入れ替わっていたことまでなら、どうとでも言い訳ができる。だが、万が一にも、あの日――。事件当時に、カラスに横取りをされた篠崎くんの時計が出てきてしまったら、そこからすべてが崩れていくことは、本人が一番わかっていたようだから〟

そして、やはり時計そのものは、犯行時刻を詐称するために、あえて鵜飼が篠崎の手から外したようだ。

ただ、それを見ていたのか、転落時にレンズでも光ったのか、いずれにしても時計に目を付けていた大カラスに横取りをされた。

ならば、いっそ。取られたまま放っておけばよかったのだろうが、鵜飼は高梨に罪を着せるつもりで、計画的に犯行に及んだ。

高梨に疑惑の目さえ向けば、自分にはアリバイを作れる手立てを用意していたのだろう。その場の思い付きから、本人以外は気付きようもない年度違いの自分の時計を詐称のために使った。

仮に入れ替わっていることがバレても、言い逃れできる理由もあるので、むしろ安心してそうしたのだろう。

〝それなら、自首をしたほうが、罪も気持ちも軽くなる。自分の性格を考えても、二度目のチャンスを狙えるとは思えないので――ということらしい。まあ、何食わぬ顔でメールを送りつけてきた篠崎くんのそれに、これから犯人の断定と逮捕状発行にこぎ着けるまでの予想時間が書かれていたらしいから。もしも君が犯人ならば、自首を——と。促されていることも理解したんだろうけどね〟

「そうなんですか……」

とはいえ、士郎からすれば、自首の決定打は篠崎からのメールだろう。

逮捕させたいのなら、時計の発見を伝える必要はない。

むしろ、隠して捜査を進めて、証拠を揃えればいいことだ。

それをせずに、自首をする時間があることを示したのは、篠崎なりの温情だ。

もしくは、鵜飼に殺意を持たれても致し方のない何かを、思い出したか、知ったかしたのだろう。

それこそ彼は弁護士だ。

依頼によっては、戦う相手に恨まれることもあるだろう。

もしかしたら、一人の人間として、何か理由があったのかもしれないし、これればかりは当事者同士しか知らないことだ。

この先、裁判などで明らかになったとしても、士郎は知る必要がない。あえて、知りたいとも思えないことだた。

〝でも、決定打は、やっぱり士郎くん。君だけどね〟

「データと篠崎さんの時計の存在が大きかったんですね」

〝いいや、君自身ってことだ〟

「僕自身?」

ただ、熊田は自首のきっかけは、あくまでも士郎だと伝えてきた。

さすがに、これは身に覚えがない。

すると、受話器の向こうで、熊田が小さく笑った。

〝そもそも私だけでは、あの早さで高梨くんの無実は証明できなかった。あれだけの映像データを一日で集めることは、私には無理があったし。また、あの時点で君が動かなければ、上書きされて消えていた映像も多かったはずだ〟

――それが自首に何の関係が?

そう思いながら、話を聞いていく。

〝だが、それより何より、君は高梨くんのしたことを知りながら、無実を証明することに全力を尽くした。浮気発覚からの経緯は、妹さんが事務所に来て話していたらしいし。まあ、高梨くんが君に八つ当たりをしたらしいことも、鵜飼くんは聞いていた。そういう意味でもあのとき彼は、君には一目を置いて、どういう子なのか興味を持って会いに行ったんだ。それでも、あそこで警察と重ならなければ、データの有無を聞き出して、あわよくば自分が入手するつもりではあったらしいんだけどね〟

だが、聞けば聞くほど、自首には遠い。

士郎からすれば、鵜飼が一方的に士郎という子を知り、勝手にライバル視していたかのように聞こえてくる。

〝でも、いざ対面した君は、特に自分から話したてることもなく、対応はお父さんに任せているような子だった。だが、そのくせ名刺を見る目が冷静で――。その時点でもう、これは君との戦いになりそうな予感がしたそうだよ。特に、私は気がつかなかったんだが、あの日の君は、カラスの生態の本か何かを持っていたんだって？〟

「――あ、はい。たまたま図書館から借りてきたんです。近所でもよく見かけるので、一度きちんと調べてみようかなと思って」

〝そう。けど、それも鵜飼くんにとっては、脅威に感じられたらしい。もしも篠崎くんの時計が見つかることがあるなら、それは君なんじゃないかって、予感がして。実際、面会に出向いた私に、開口一番確認してきたのも、それだったんだ。時計は拾得物《しゅうとくぶつ》扱いみたいなことを聞きましたが、見つけたのは士郎くんですよねって。これだけは、隠さないで教えてほしい。そうしたら、自分は篠崎さんに負けたと思わずに済む。事実だけを見つめる君に背を押されて、自首をしたと思えるからって〟

いや、こうなるともう、鵜飼の自滅だ。

思い込みの激しさというよりは、彼自身が一九四階段での犯行を練り込みすぎていたがために、関わってきた者すべてを脅威の対象にしたに過ぎない。

士郎からすれば、単にカラスとの距離感や付き合い方を学びたかっただけだ。

もちろん、それがきっかけで、時計を見つけ出したことは確かだが。

鵜飼の主張を聞いていると、篠崎への何かしらの対抗心もあり、彼に自首を促されたとは、思いたくないだけだ。

あとは、逃亡しても無理だ。このままでは罪が重くなるだけだと、諦めたのだろう。

もしくは、高梨の無罪が証明された時点で、いつ自分に容疑がかかるか、いても立ってもいられなかった。

何せ、自分だけは知っているのだ。

犯した罪の重さ、深さを――。

「それで、僕だとバラしてしまったんですか？」

〝これを知るために、私を弁護士に指定したんだまで言われてしまったのでね。勉強熱心な子供が、カラスの自由研究をしていて、巣の近くで見つけたらしいよ――とだけね〟

とはいえ、そんな鵜飼の思惑以上に、士郎からすると、熊田のほうが謎だった。

「え!? 熊田さんって、鵜飼さんの担当弁護士にもなられてたんですか？ それも、そんな理由で」

〝――まあ、これも人の縁というものなのだろうがね〟

　受話器の向こうで、明らかに苦笑いしている顔が目に浮かぶが――。

　それだとしても、世の中には、難儀な仕事があったものだ。

　士郎は今後「将来就きたい仕事」を聞かれても、まず「弁護士」とは答えない気がしてきた。

「それは、お疲れ様です。大人のお仕事って、本当に大変ですね」

〝君にそう言ってもらえると、嬉しいよ。なんだか、とても励《はげ》みになる〟

「そんな……」

「士郎くん！　おやつ開けていい～っ」

――と、電話中を知らずにいたのか、樹季が二階から駆け下りてきた。

「しろちゃん！　おやつーっ」

「しっちゃ～っ」

　続けて武蔵が、七生がダイニングへ飛び込んでくる。

　と同時に、受話器を握る士郎を見つけて、一斉に両手で口を塞いだ。

　つもりなのだろうが、なぜか「見ざる」「聞かざる」「言わざる」のポーズになっている。

　しっかり口を押さえられたのは、樹季だけ。

　あとは、聞かない武蔵に、見ない七生。

　だが、こうなると一番状況に合ってないのは武蔵だ。

それにもかかわらず、七生が突然「いないいないばー」をしてくる。

「ぶっ!!」

士郎は、堪えきれず、受話器に向かって噴いてしまった。

「あ、すみません!」

〝いやいや。可愛い弟くんたちが呼んでいるね。今日のところはここまでで〟

だが、樹季たちの声は、熊田にも筒抜けだったのだろう。

どうして士郎が吹き出したのかはさておき、笑いながら会話を締めてきた。

「あ、はい。すみません! わざわざ、ご連絡をありがとうございました」

〝いやいや。では、失礼するよ〟

「はい。それでは、失礼します」

そうして、士郎は受話器を置いた。

「ないないばーっ」

七生は士郎が吹いたことで、受けたと認識したようだ。

しばらく、誰かれ構わず、「ないないばー」をし続けていた。

第三章

超激レアカードを探し出せ！
僕たちちびっ子探偵団

1

〝経緯はさておき、そいつの犯行動機に興味はないのか？　自首を促した被害者弁護士との関係とか——。なんならスッキリできるように調べてやるよ〟

こんなメールを吉原繚《よしわらりよう》が送ってきたのは、熊田《くまだ》が電話をくれた夜のことだった。

士郎《しろう》は、この件に関しての係わりはいっさい不要、自分はまったく興味がないし、そもそも繚の言う「調べてやる」は危険極《きわ》まりないネット犯罪の予感しかしないので、断固拒否をした。

そんなことをしてると、いずれ僕が君を自首に追い込む羽目《はめ》になるやもしれないから、友達だと思うなら、そんな酷い目に遭わせないでね——と。

〝——なんだよ、相変わらず硬いな。でもまあ、それも士郎流の気遣いだったり、俺への友情、何より自分と身の回りの人間に対する特別の警戒心なんだろうから、俺も聞かなかったことにするよ。どのみち裁判が始まるなり、ニュースになれば、知る人ぞ知る事件になるんだろうからな〟

伊達《だて》に、今現在の国内学力ナンバーワン中学生ではない。

士郎の言いたいことは、ツーカーで理解され、いずれはほうっておいても理由が明かされるだろうと、納得もしていた。

実際、これに関しては、士郎も同じことを思っていた。

ただし、そうなったときに、自分が知りたいと思うか否《いな》かは、そのときの自分次第だ。場合によっては、熊田や優子《ゆうこ》が知らせてくる場合もあるかもしれないが、それを聞くか、断るかも、士郎の自由だ。

世の中には、あえて自分が知らなくていいことは、たくさんある。

そうでなくとも、自分の意思とは関係なく日々の出来事を記憶してしまうのだから、選択できるものくらいは、選択したい。

断れる内容に関しては、自《みずか》ら願い下げにしたいと思うのが、士郎自身の自衛でもあるからだ。

そして、繚とそんなやり取りをしてから、数分後のことだった。

突然リビングテーブルに、ドラゴンソードのバトルカードチョコ・コインバージョンが双葉《ふたば》によってバサッと広げられた。

「――え？　双葉兄さん。本当にやるの？」

「気になったら実験、実行あるのみ！　これぞ科学の進歩を支える土台の精神だろう」

しい。

「でも、まだ。この前、開けたコインチョコを食べ終わってないんだよ」

「どうせ追加で開けたところで、おやつは一人一日一個は変わらないだろう。実験するなら、一箱丸々残っているところに不足分を買ってきたほうが、痛手が少ないじゃないか」

どうやら双葉は、常々武蔵《むさし》が見せる〝引きの良さ〟について、ずっと気になっていたらしい。

〝宝くじを買わせてみようか？〟

――などと言い始めたのは充功《みつぐ》だが、そこに士郎が家族内確率の話を持ち込んだことで、興味が増したらしい。

わざわざ自腹でバラのコインチョコを買い足してまで、この実験に挑むようだ。

「それなら、次にもらったときに試すほうが、まったく痛手《いたで》がないのに」

「それを待てない好奇心を満たすための投資だよ。けど、二袋買い足すだけで楽しめるなら、家族内イベント企画としては、激安なほうだろう」

こうなると、乗りに乗った双葉を止められるのは、彼が愛し、崇拝《すうはい》して止まない長男寧《ひとし》くらいだ。

しかし、その寧が「何々？　面白そうだね」と言ったところで、もうこの突発イベントは確定だ。

颯太郎《そうたろう》も見て、笑うだけなので、パンパカパ～ンで、家族内イベント開始だ。

「――ってことで、今夜は特別開封、兎田《とだ》家でもっとも運を持ってる男は誰だ⁉　決定戦をするぞ！　まずは、ここから一人四袋ずつを自由に選んで、開封していく。あとは、一番レアなカードやコインを出すのは誰だってだけの話だな」

テーブル上には、三十二個のバトルカードチョコが無造作に山積みされた。

樹季《いつき》や武蔵、七生《なお》は「わーい」「わーい」で、テーブルを囲み始める。

それこそ目をハート型にしたカラスと大差ない。

「一人四チャンスなら、四枚、四コインのトータルでレア度集計したら、また変わってくるんじゃないの？」

――などと言いつつ、士郎もテーブルに着いた。

「いやいや。これまでの開封状況からして、小売りの一箱から激レアカードが一枚出てきたら、それで大当たりって感じだし。コインのほうにしたって、ほとんど銅貨だろうから、そこまで接戦にもならないよ。逆を言えば、こうして試したところで、レアカードなし。誰がどうこうなんてわからずに終了。家族で開封ごっこで楽しむだけで終わるってこともあるけどね」

双葉が、寧や颯太郎、充功にも向かって、「来て来て」と手を振る。

「この手の検証動画だと、何百袋と開けて、どれくらいの確率で激レアカードが出るかをやってるけど。マジでポコポコ出て来るもんじゃないってわかるもんな」

「というか、円能寺《えんのうじ》先生がひと月分のお給料を注ぎ込んだ例があるわけだし。全体的な確率だけで見たら、本当に超激レアカードって、ネットや専門誌に載ってる見本でしか見られないって思うほうが賢明だもんね」

充功が、そして寧が、適当に座った双葉《ふたば》や樹季たちの隙間に入り込んでいく。

「そこまでレアになるとね。でも、今回はそこまでの話じゃないし。あくまでも、家族内だと、誰だってくらいの話だから」

「まあ――。最終的に、カードが増えて、チョコが食《く》えればいい奴らがいるわけだし。今なら、宝箱に入れるものが増やせてラッキーなわけだから、これはこれで楽しむでいいんじゃね」

そう言いながら、双葉や充功が手元にチョコを寄せてきたところで、キッチンから出てきた颯太郎も着席だ。

「双葉くん、四つも開けていいの！　みんな一緒に！」

「父ちゃんやひとちゃん、ふたちゃんやみっちゃん、しろちゃんも一緒に開けるの！　すげー！　楽しみ～っ」

もはや、この時点で家族内イベントとしては成功だ。

樹季や武蔵は、普段自分たちに開封を譲ってくれる父と兄らが、一緒になって開封するだけで楽しいようだ。

「なっちゃもよ～！　ないないばーっ」

　そして、回りが楽しそうにしていれば、それだけで浮かれる七生は、ここでも「いないいないばー」を炸裂した。

　しかも、完全にターゲットを士郎に絞っている。

「ぶっ！」

　不意を突かれて、吹き出した。

　七生の、してやったり感と「ふへへへ～」に、さすがの士郎も返す言葉がない。

「ここで〝いないいないばー〟がでてくる、意味がわからねぇんだけど」

「七生は常にマイブームで生きてるからね。自分が気に入ったら、しばらく続くだけだから、ＴＰＯは関係ないよ」

　意味わからん――な、充功に説明しつつ。自分も手元に四袋を取り寄せた。

「何よ～っ。も～。も～。も～」

　すると、士郎の反応に「冷たい」「ノリが悪い」と言わんばかりに、七生が両手をテーブルに着いて、身体を左右にくねり始めた。

「って、なんか増えてんぞ！」

「何よ～は、多分。この前見たばかりの、にゃんにゃんじゃない？　にゃん子ちゃんがぷーぷーしてたときの台詞だから」

大げさに反応した充功に満足したのか、七生自身はこれでにっこり。

いきなり披露したネタの出元を寧が理解しているのも、かなり嬉しそうだ。

「――ってことは、父さんのせいなのか。全国の女子児童を持つ母親から、クレームが来ねぇといいな。あれ、使われ方によっては、苛《いら》っときそうだ」

「え!? そんなことある? 今始まったような台詞じゃないんだけど」

だが、これをとばっちりというのか、思いがけないことを充功に言われて、颯太郎が声を上げた。

「父さんは何も気にしないほうがいいよ。今どき、視聴者の言うことを全部真《ま》に受けてたら、何も書けなくなるから。意味不明なクレーマーが多すぎるし」

「そうだよ。それに七生の〝何よ～〟なんて、可愛いだけだし」

ここは間髪を容《い》れず、士郎と寧が完璧なフォローを見せる。

「何よ～っ。ひっちゃ、だいだいよ～っ」

「ね～っ」

七生はますますご機嫌だ。

今度は隣に座っていた寧の腕を掴んで、お尻からくねくねのフリフリ。

寧からも頭を撫でられ、可愛い可愛いをされて、いちゃいちゃのラブラブだ。

「まあ、確かにな! 寧と七生を基準にしたら、何でもありになるから。あれはあれでってことで。参考にしないほうがいいんじゃね」

「それを言ったら、いろいろと我が家の基準は、世間とブレがあるから。やっぱり仕事に係わることだけは、父さんは仲間や関係者さんのチェック重視がいいと思うしね」

「――了解」

充功と双葉に話の落ちを付けられて、颯太郎も納得。

だが、最初に父さんを不安にさせたのは充功なのに――と、士郎は突っ込みたい気分満々だった。

「じゃあ、とにかく始め！　みんな選んだ袋を開封してって～」

しかし、そこは続けざまに双葉の号令がかかったので、よしとする。

「こんなことするの初めて～。金貨が増えるといいね、武蔵」

「うん！　いっちゃん。楽し～ね～」

樹季と武蔵は最初のひとつ目を開封し始める。

「ひっちゃ、あてて～」

「いいよ。これを、開けるんだね。楽しみだね」

「あいちゃ！」

七生は袋を寧に渡し、開けてもらったところで、中身を自分で取り出している。

まずは銅貨チョコレートが増えていきそうなのは、一目瞭然だ。

「これだけで盛り上がれる家族ってことが、すでにレアだよな」

「かもしれないね。いいことだよ」

士郎も充功と並んで開封していく。

やはり、そう簡単にレアなカードやコインチョコは出てこない。

「でもさ。これだけ開けても、バトル用の一デッキ組めないってところで、やっぱりメインはカードのみのセット販売だよね」

「こっちはあくまでも、子供向けのお菓子がメインだからね」

双葉と颯太郎の手元からも、銅貨コインやらアイテム系、魔法系のカードが出てくる。

「あ。これってドラゴンソードじゃね？」

すると、充功が声を上げた。

冷静ぶってるが、語尾が浮かれている。

当たりを引いた気分なのだろう。士郎にカードを見せてくる。

「それはドラ子ソード。レアまで行かないけど、融合《ゆうごう》するカードによって、いろんな属性タイプのドラゴンソードに成長、進化させられるから、使い勝手がいいので人気みたいだよ」

「へ～。ってか、本当に丸暗記してるんだな、お前」

「おかげさまで」

ハズレではないにしても、レアとしては当たりではないので、ちょっと残念そうだ。

しかし、さらっとカードを解説する士郎には、感心しきりだ。

「そういや、セフィーの奴はどうしてっかね。夏の大会ってもうやってるのか？」

だが、充功からしても〝荒野に降り立つ伝説の龍使い・セフィー〟は強烈なバトルネームだったのだろう。

子供からバトルでレアカードを取り上げた挙げ句に、たった一晩で全種類のカードと公式ルールを覚えた士郎から、バトルでボッコボコにされた全国大会四位の大学生だが。惨敗後の掌返《てのひらがえ》しと士郎様神扱いが見事すぎて、嫌うに嫌えなかったらしい。

士郎からしても、憎みきれないゲームオタクだ。

「予選はとっくに始まってる頃じゃない？」

「伝説のムニムニ使い・はにほへたろうは、ネット上では、未だに復活を待たれてるみたいだぞ」

「そのうち忘れるから大丈夫だよ。というか、普通はもう出てこないから、伝説なんだし。みんな言葉の使い方を間違ってるよ――。あ」

などと言いつつ、四袋を開けきった。

どうやら士郎に、特別な引きはないようだ。

銅貨とレア度を示す星の数が少ないカードばかりが手元に並んだ。

これは、充功も大差がないようた。

「あ！　いっちゃん！　金のチビムニだよ！」

すると、やはり運を持っている男・武蔵の声が響き、全員が一斉に目を向けた。

「すごい！　武蔵。今度は金のチビムニが出たの！」

樹季の目はキランキランだ。

相当すごいものを引き当てたらしいが、士郎たちには初耳のモンスター名だ。

「え!?」

「なんだって？」

「初耳だよな。ちょっと待って」

双葉がテーブル脇に置いていたスマートフォンを取ると、士郎と充功はその手元をガン見した。

検索にかけられたワードは〝金のチビムニ〟。

すぐにヒットする。

「――あった」

「どれどれ」

「金ってことは、銀とか銅のチビムニもいるのか？」

そもそもチビムニはイモムシがモチーフのモンスター・ムニムニの赤ちゃんバージョン

で、ゲーム内最弱にして、もっとも人気の高いキャラクターだった。

円らな瞳に小さくて丸っこいフォルムが愛らしく、またオムツをつけたわかりやすいベビーモンスターなのも愛されている理由だ。

武蔵も「七生に似ている！」と言って、大好きだ。

ただ、ムニムニ系はその人気ゆえ、これまでにも様々な色や形にアレンジされており、つい先日はエンジェルバージョンなるものが作られたばかりだ。

士郎からすれば、進化させれば蝶になるモンスターに、わざわざ天使の羽を付ける意味がどこにあるのかわからない！　こんな理不尽があるのか⁉

――と、頭を抱えたくらいだ。

「金のチビムニ。一億個に一つの確率で産み落とされる黄金の卵から孵《かえ》る、金のオムツを纏った伝説のチビムニ。最弱であることに変わりはない。ただし、三種の神器と融合、進化させると黄金の不《ふ》死蝶《しちょう》となり、最高奥義であるセブンズアタックにも堪《た》えうる防御力を持つ不死身となる。ただし、攻撃力はマックスでも百程度……」

まずは、ネットに上がっていた説明文を双葉が読み上げた。

この時点で、士郎の背筋には冷たいものが伝っている。

「あ、不死身？　ってことは、これを対戦中に進化をさせたら、その時点でプレイヤーの手持ちモンスターは全滅しねぇってことで、バトル勝利なのか？」

充功が素朴な疑問から目を細めた。

「もしくは、相手のドラコンとかから何万ポイントの攻撃を受けても死なずに、ちまちまと百ポイント攻撃を返して、相手が根負けしてゲームオーバーになる？　場合によっては不死蝶一体で、相手を全滅させるまで長期戦のバトル？　意味がわからないな――。制作者にこのモンスターの存在意義を説明してほしいくらいだ」

双葉も大筋のルールくらいは知っているが、それ故《ゆえ》に首を傾げている。

「――ってか、それよりこのカード。本当に一億分の一の確率で作った激レアカードじゃねぇよな？　そんなのもはや、印刷にかけたら赤字になるだけだし、無駄にコレクターを煽《あお》るだけの危険物になる」

士郎は二人の話を聞きつつ、スマートフォンの画面を見ながら、ぽつりと呟く。

「一億分の一枚……。やりかねない会社だけにな――。あとでカードの発行総枚数を調べなきゃ」

そんな意味不明な超激レアカードが突如として自宅に現れた日には、冗談じゃないトラブルの予感しかしない。

士郎の眉間には深い皺が寄る。

当然、充功や双葉も顔を見合わせて、失笑気味だ。

「――でも、これで宝くじは武蔵に決まりだな」

だが、せめてもの救いにしようとしているのか、現実逃避なのか。

双葉が「こうなったら、今月のバイト代を突っ込もうか」と、言わんばかりの顔で、握りこぶしを作った。

「いや、だから。これは父さんがもらった忖度箱《そんたくばこ》の残りだし、第一追加分を買ったのは双葉兄さんだよ？　宝くじを買うってなったら、また別の話じゃない？」

これ以上の万が一も、兄の無駄遣いも阻止したい士郎は、ここでも真っ向から正論をぶつけていく。

「あ……。そか。ってか、せめて買ってきた分だけは、別にしとくんだった!!　これじゃあ、俺が引いてきた運なのか、武蔵の引きが強いのか、わからないよ！　宝くじ、どうしよう！」

「たまに抜けたことするよな。双葉って」

今になって気付いた愚かさに、双葉が「バカバカ」と自分を責める横で、充功が呆れるよりも驚いている。

「――え？　双葉、宝くじを買うの？　お年玉年賀はがきさえ、一度も当たったことがないのに？」

ただ、時として思いがけないド天然攻撃をかましてくるのは、やはりこの長男だ。

さらっとすごい現実を、士郎さえ失笑しそうな軽い口調で、ぶちかましてきた。

「あ──。あっっ」

双葉はまさに究極奥義・セブンズアタックを食らった勢いで、撃沈した。

今更の話だろうが、そこまで自分に引きがないとは、思ったことがなかったのだろう。

（いや、さすがに宝くじは十枚買えば、最低金額が一枚当たるよ。もらったお年玉年賀はがきで最下位が当たるほうが、確率的にも難易度は高いって)

士郎としては、あとで教えるべきか、否か、迷うところだ。

「やっぱり、これは武蔵だな」

「忖度でしょう」

「お前、夢がなさ過ぎ！」

しかし、余計なトラブルを増やさないためには、双葉や充功の脳内から、宝くじへの希望は消した方がよさそうだ。

なので、士郎は「我が家の当たりは企業からの忖度」で片付けることにした。

ここは颯太郎の仕事による恩恵としていたほうが、家庭内的にも円満だからだ。

「わーい！　金のチビムニ、可愛い～」

「よかったね！　武蔵」

「うん！」

そうしたことも関係なく、武蔵や樹季は純粋に可愛いカードが当たって喜んでいる。

開封イベント自体は大盛り上がりしたのだし、これでいいじゃないか――と。

2

兎田家に〝金のチビムニ〟が現れた二日後のことだった。

夏休み前ということもあり、樹季も少しずつ学校の荷物を自宅に持ち帰っていた。

（重たいな～。これなら行きのお見送りよりも、帰りのお迎えがほしいな。明日、みっちゃんやそのお友達に、お強請《ねだ》りしちゃおうかな～）

――などと、ちゃっかりしたことを考えつつも、帰宅する。

「ただいま～っ」

「いっちゃ～っ。しっちゃ～っ」

「バウバウ」

すると、廊下の奥から、七生が飛び出してきた。

今日はエリザベスが子守にかり出されているのか、七生のあとから、わっさわっさと付いてくる。

「ただいま、七生。士郎くんはまだ帰ってこないよ。今日はサッカー部の練習のお手伝いをするんだって」

「えーっ！　むっちゃよ！」

「何？　武蔵がどうしたの？」

兄弟とは不思議なもので、相手が喃語《なんご》だろうが、なんだろうが、生まれたときから一緒にいるので、大概のことなら意思の疎通が図れる。

今日に関しては、七生の慌てぶりからも、武蔵の一大事だ。

樹季は靴を脱ぐと、その足で廊下の突き当たりのダイニングへ急いだ。

キッチンからリビングまでを見渡すと、リビングの隅で膝を抱える武蔵の姿を発見！

手提《てさ》げ鞄やランドセルをソファへ投げ出した。

側へ寄って、顔を覗き込むように、しゃがみこむ。

「武蔵！　どうしたの!!」

「あ、いっちゃん。お帰り〜」

「え!?　何で泣いてるの！　怪我したの？　誰かに意地悪されたの？　お父さんは？」

顔を上げた武蔵は、珍しくベソをかいていた。

いつもはゆるゆる、ふわふわした樹季の表情が、途端にキリッと引き締まる。

やはり、ここは武蔵のお兄ちゃんだ。

「とっちゃ……は、お仕事終わって……、寝てる」

「なら、起こしてくる！」

「駄目！　起こさないで！」

判断も行動も俊敏《しゅんびん》だ。

だが、樹季が立ち上がると同時に、武蔵がその足にしがみついて阻止。

七生とエリザベスは、その様子をハラハラしながら見ている。

「でも。士郎くんもみっちゃんもまだ帰ってこないから」

「帰ってきたら、怒られちゃうよ！　だから、どうしようって……」

それにしても、今日の武蔵は普段と違った。

寝ている颯太郎はともかく、充功や士郎が駄目。

それも、怒られるとは、何事ぞ!?

「――ん？　どういうこと」

樹季は思い切り首を傾げた。

すると、ベソベソしつつも、武蔵は樹季に「あのね」と話し出す。

この時点で、樹季なら怒らないという判断だ。

「え!?　金のチビムニがどっかいっちゃったの!?　それって、まさか、誰かに持って来いって言われて、とられちゃったの？」

ただ、これは樹季にとっても、衝撃的なことだった。

確かに怒るという感情は起こらないが、めちゃくちゃヤバいことになっている——のは、理屈抜きにわかる。

そうでなくても、金貨チョコが出たときに、士郎から「家にあることを言っちゃ駄目」「家から持ち出しても駄目」と、注意を受けたばかりだ。

それがあるから、金のチビムニのことは、何も言わなかった。

士郎が同じことを何度も注意しないのは、「いい子だから、こんなことは一度言えばわかるよね」という意味であり、信頼の証でもある。

しかも、ちょっと前には、「見せて」と言われて、激レアカードを公園へ持っていき、それを貸してと言われて、貸したら、巡りに巡って、士郎がセフィーとバトルをすることになってしまったのは、樹季と武蔵でさえ、忘れていない。

あれから士郎は「伝説のムニムニ使い・はにほへたろう」と呼ばれて、大騒ぎをされたり、何やらで大変だった。

樹季からすれば、「士郎くんすごい！」「僕のお兄ちゃん、強くて最高！」だが、士郎本人が「もう面倒くさいよ」な顔をしているので、やっぱり大変なのはわかる。

武蔵が「怒られる～」とベソベソしているのは、また士郎を大変な目に遭わせるかも！さすがに充功からも、「お前な！」と言われるかもと、思ったのだろう。

だが、そこは武蔵のお兄ちゃんだ。

樹季は「こんなときこそ、すぐ上の僕が！」と、盾《たて》になる決意をした。

「ううん……。違う」

「そしたら、どうして？　ちゃんと宝箱に入れてたよね？」

「――幼稚園に持っていった」

「え!!　それじゃあ、やっぱり誰かに見せたの？　盗まれちゃったの!?」

しかし、話は聞けば聞くほど、ヤバかった。

アストロラーベ騒動を目《ま》の当たりにしていた樹季からすれば、取られてしまうよりも、盗まれてしまうほうが大問題なのがわかる。

さすがに、声が裏返りそうになった。

これには七生とエリザベスも、空気を読んでか、「え!?」「バウ」と一緒に驚きを合わせている。

「違うよ！　見せただけだよ！　すっごく可愛かったから。それに、ちゃんと持って帰ってきたんだ。俺、リュックにしまったから！」

武蔵も盗まれたことは全力で否定した。

「そしたら。うちでなくしちゃったってこと？」

「うん。きっとそう。どうしよう、いっちゃん。せっかくふたちゃんもチョコ買ってくれたのに。しろちゃんの言うこと、聞かなかったからかな？　しろちゃん、怒るよね？　きっと、みっちゃんも……」

樹季も、これならまだどうにかなるような気がした。

なので、よし！　と、両手の拳を握り締めた。

「そしたら、士郎くんたちが帰ってくる前に見つけよう！」

「もう、いっぱい探したよ？」

「もう一回捜すの。大丈夫だよ。僕に任せて！」

こうして樹季は、武蔵がなくした――というよりは、どこかへ置き忘れたのだろうと考えられる超激レアカード・金のチビムニを家宅捜査することにした。

「うん」

武蔵も樹季が自信満々で言うので、改めて捜すことに意欲を見せた。


すでに幼稚園で使うリュックの中身は、武蔵の手により、全部出されてリビングルームに散乱していた。

颯太郎は、徹夜明けだったのか、二階の子供部屋で眠ってしまっている。

きっと、最初は武蔵か七生と遊んでいたのだろう。

そのうち眠くなり――というのが、見てわかった。

武蔵がかけたのか、掛け布団を抱き締めたまま、おもちゃまみれのラグの上で、眠っている。

「これ借りよう。武蔵」

そんな颯太郎を起こさないようにしながら、樹季は二階から下りてきた。

手には大きめの虫眼鏡を持っている。

前に見た、ちびっ子探偵のアニメで、主人公が使っていた。

それなら、僕も！　という、思い付きだ。

「いっちゃん！　それ、しろちゃんの虫眼鏡だよ。勝手に使ったらだめじゃない？」

「ちゃんと返せば大丈夫だよ。それに、士郎くんの使ったら、すぐに見つかりそうだと思わない？」

「あ！　そうか。士郎くんのだし、きっと見つかるね」

樹季にしても武蔵にしても、すでに変な信頼ができ上がっていた。

捜し物をするのに虫眼鏡までなら、なんとなく子供らしいアニメの影響であり、発想だが、そこに士郎のアイテムだからというのは、もはや神童信仰だ。

まるで、虫眼鏡が勝手に見つけてくれるくらいの思い込みだ。

「とにかく、みんなで探そう。エリザベスや七生も手伝ってね！」

「あいちゃ！」

「バウバウ！」

それでも、樹季の号令で、家宅捜査が開始される。

まずは、一階の大捜査からだ。

「武蔵と七生はダイニングとリビングね。僕はキッチン。エリザベスはちょっとクンクンして。カードの匂いがしたら、教えてね」

「はーい」

「あいちゃ！」

キッチンからダイニング、リビングは、家族が一番出入りするし、武蔵もそれは同じだ。

幼稚園から帰ってきて、手を洗ったらすぐに向かうのもキッチンだし、そこでおやつを手にして、食べたり、遊んだりするのはダイニングやリビングだ。

自分が気がつかないうちに、手にしたものをあっちへ置いたり、こっちへしまったりというのは、樹季にも覚えがあるので、とにかくここから徹底捜査をすることにした。

冷蔵庫の中から、おやつの棚。リビングボードから仏壇の引き出しまで、とにかくあちらこちらを確認していく。

「あ！　七生、だめだよ。ひとちゃんの部屋は、だめ！」

「え～」

「武蔵、寧くんのお部屋は入ってないの？」

「今日は入ってない！」

「なら、七生。そこはいいよ」

「あ～い」

それでも、寧の和室には手を出さなかった。

このあたりは、かなり用心深い。

「――うーん。見つからないな～。よし！　もっと、ちゃんと見よう！」

「武蔵、引き出しとか、棚とか、中から出して」

「はーい！」

ものがカードだけに、どこかに挟まっている可能性もある。

こうなったら、電話帳の間や、引き出しの奥や隙まで、とにかく確認しようと、樹季は中身を次々に出して、床へ広げていった。

こうなると、先は見えるが、しかし中断はできない。

「くぉん……」

床がどんどん、いろんな品で埋まっていくので、エリザベスなどダイニング扉の前にお座りをしたまま動けなくなっている。

キッチンのほうには、買い置かれたササミのおやつも床に置かれているというのに！

そうして、大捜査から、一時間が過ぎた頃――。

「いっちゃん。いっぱい散らかった。これだと金のチビムニが出てきても、しろちゃんに怒られない？」

生まれて初めて見たかと思うような光景に、武蔵は至極《しごく》まっとうなことを呟いた。

ただ、ありとあらゆる生活用品を散らかしている割には、床にものが重なることなく、きちんと並べられているところが、捜査らしいというのか、行き届いた躾《しつけ》の賜物《たまもの》だ。

ある意味、普通に散らかるなら、武蔵にも子供部屋で覚えがある。

しかし、ここまできちんと置かれていると、奇妙な光景として目に写るのだ。

さすがに仏壇の遺影や位牌《いはい》は動かしていないが、それ以外のものがほとんど床に並んで、テーブルや椅子、ソファを埋め尽くしている。

「大丈夫だよ！　士郎くん優しいもん。捜し物してたから、ごめんなさいって言ったら、わかってくれるよ。それに、みっちゃんが帰ってきたら、お片付けしてくれるから」

意図せずこの奇妙な空間を作り上げた樹季は、まったく動じていなかった。

それどころか、こうなった部屋の片付けは、最初から帰宅した充功にやらせる気満々だ。

これには、武蔵も「え！」と、ビビっている。

「みっちゃんも怒るよ！」

「大丈夫だって！　士郎くんとみっちゃんは、絶対一緒に怒ったりしないから。先に士郎くんにちょっとごめんして、みっちゃーんって言ったら、片付けてくれるから」

すでに確信犯の域だった。

「う、うん」

ここへ来て、武蔵は士郎が手塩にかけて育てた樹季のなんたるかを、理屈抜きに知った気がした。

と同時に、この樹季に「お兄ちゃんだよ～」と言って、一番手間をかけてもらったのが、武蔵だ。

言葉にならないが、自分の将来にも不安を感じたかもしれない。

「うっひゃ～っ」

ちなみに、七生は初めて見るこの〝きちんと散らかった部屋〟に、何か特殊な面白さを見出しているようだ。

「――それにしても、家の中にないのかな？　もしかして、金のチビムニカードもキラキラしてるから、カラスが宝箱に持って行っちゃったのかな？」

そうして、ちびっ子探偵・樹季は、虫眼鏡で足下を眺めつつ、ふと庭先へ目を向けた。

「カラスが！」

「うん。だって、この前金貨を持っていったから、カードも見つけたら、やったーって思うんじゃない？　きっとそうだよ！　だって、こんなに捜したのに出てこないんだもん」

置いたものを踏まないように、そろりそろりと隙間を歩いて、テラス窓まで向かうと、ウッドデッキまで出た。

武蔵もこれを追いかける。

「え～っ。どうしよう。そしたら、カラスのところまで、取りに行くの？　小学校の裏山、今から行って大丈夫かな」

樹季ほど器用には歩けなくて、武蔵は紙類の何枚かを踏んでしまった。

だが、これを見たら、遠慮など皆無になるのが七生だ。

「カーたんね～」

バンバンいろんな品を踏んで、ウッドデッキへ出た。

しかし、エリザベスだけは、躊躇《ためら》い続けてその場から動けない。

「うーん。勝手に遠くまで行くほうが怒られそうだよね。そうだ！　エリザベス来て。カラスくん、呼んでよ！」

「バウン!?」

それでも、樹季から名指しで呼ばれてしまえば、駆け付けるのが飼い犬だ。

七生のあとを追うように、わっさわっさと歩いて、リビングを横切った。

当然、エリザベスが通り抜けたところから、本格的に散らかっていく。

きちんと散らかるダイニングやキッチンとの差が激しい。

「エリザベスのところにも、たまにカラスくんが遊びに来るでしょう。だから、武蔵の宝物を返してって、お願いしてよ。ちゃんと、ササミのおやつあげるから！」

「バウン！」

ササミのおやつのキーワードは絶対だ。

エリザベスはもはや、リビングの惨状《さんじょう》を振り返ることなく、尾っぽをブンブン振っている。

「ほら、武蔵もお願いして。七生も」

「エリザベス～っ。お願い」

「むっちゃ、えんえんよ。えったん！」

こうなると、士郎のワンワン翻訳機と、そこに費《つい》やした努力・苦労はなんなのか⁉

この場では誰も、何も、気にしていないが、会話がかなり成立している。

だが、それもそのはずだ。

そもそもエリザベスは樹季のお強請りで隣家へやって来た。

生後三ヶ月のエリザベスを一番抱っこし、話しかけていたのは、当時まだ年少さんで言葉もたどたどしい樹季だった。

しかも、その後に生まれた武蔵や七生の子守の筆頭はエリザベス。

特に、七生など現役で子守中だ。

喃語だろうが、遠吠えだろうが、意思の疎通はバッチリだ。

「バ……、バウ」

エリザベスは、樹季たちにお願いされると、声を上げた。

「バウン、バウン、バウ～ン」

「オンオン？　オオーン？」

「バウ～ン！」

「わんわん！　わーん!!」

「にゃん！」

「カァ～！」

何やら裏山以外からも、返事がした。

微かに聞こえた声の中に、カラスの鳴き声が混ざっている。

「あ！　いっちゃん。なんか、カラスも返事してくれたよ！」

「偉い！　エリザベス。よかったね。武蔵。これでカードが戻ってくるよ」

「うん！」

どうしたらそういう発想になるのか、もはや当事者にしかわからない。

しかも、しばらくすると、裏山方面から遠吠えを返した野良犬やら野良猫、カラスたちが、次々と訪れては、いろんな品を庭の中へ放り込んで来た。

「オン」

どこかで拾ったのか、犬のおもちゃ。

「にゃん」

爪を研《と》いだあとのある木の皮。

「カァ」

キラキラ光る髪飾りなどなど。

どうやら、エリザベスが「武蔵たちが宝物を探している」とでも伝えたのだろうか？

樹季たちからすると、見るからに使途不明品だが、それでも好意的に届けてくれたのはわかる。

「いっちゃん。いろいろもってきてくれたけど、カードはないね」

「本当だ。カラスさんが持ってきてくれたキラキラも違うしね」

充功が見ても絶句しそうな光景だが、士郎が見た日には、自分を棚に上げてパニックを起こしそうだ。

もはや「樹季スゲー」と「樹季最強説」を唱えた士郎のクラスメイトたちのほうが、現実を見極《みきわ》めている。

「バウン」

「ないの～?」

とはいえ、肝心な金のチビムニカードがないのは、困りものだ。

エリザベスや七生も心配している。

「いっちゃん。カラスじゃなかったのかな?」

「でも、そしたらこれって、みんなが武蔵のためにくれたってことだよね」

「すげぇ！　そしたら全部宝物に入れとかなきゃ！　あ、れ?」

それでも、ここまで来ると、樹季の解釈、武蔵の前向きさは、もはや桁外《けたはず》れだ。

こうなると、樹季が育てた武蔵の破壊力にも、説得力がある。

しかも、武蔵は放り込まれた宝物の中の一つに手を伸ばした。

「どうしたの?」

「これ、お向かいの柚希《ゆずき》ちゃんのだ」

拾い上げたのは、たくさんのスワロフスキーがついた、リボンの形の髪飾り。

部分的に泥がついてしまっているが、壊れてはいなかった。

「あ！　前になくしたって言ってたやつ!?　そしたら、洗って届けてあげよう。キラキラだから、きっとカラスが持っていったんだよ」

「うん！　これ、すっごいキラキラだもんね！」

樹季は武蔵から髪飾りを預かると、それを庭の入り口に設置されている水道で洗い始めた。

水で泥を流しただけでも、いっそうキラキラと輝く髪飾りを、樹季は手持ちのハンカチで拭いていく。

「わぁ。もっと綺麗になったね」

「うん。そしたらすぐに持っていこう」

二人の意識は、完全に髪飾りへ逸《そ》れていた。

持ち主である柚希の家が、道路を挟んで真向かいなのもあり、そのまま届けに行ってしまった。

3

玄関先に設置されるインターホンを押しながら、樹季は柚希の名も呼んだ。

「ゆ～ず～き～ちゃ～ん」

お向かいに住む柚希は、武蔵と同じ幼稚園に通う、現在は年長の女児だ。

一丁前に、「大好きなのは充功くん！」なので、年下の武蔵は常に弟分扱い。

七生はそのまま赤ちゃんとして可愛がってくれる。

ただ、ちょっと年上の樹季は、また違う存在のようで――。

「は～い。あ、樹季くん。武蔵。どうしたの？」

仲良くしてくれる近所の綺麗なお兄ちゃんズの一人であり、常に自分に優しくしてくれる男の子の一人でもある。

とはいえ、キラキラ兄弟たちの幼馴染みでお向かいさんという、少女漫画のヒロインを地で行くポジションは、女児の中では常に嫉妬の的だ。

それを笑顔で受け流すスキルを、すでに六歳で身につけているあたり、なかなか侮《あなど》れない女の子でもある。

だからというわけではないが、何気なく樹季とは気が合っている。

「これ！　柚希ちゃんのだよね」

そんな柚希に、樹季が髪飾りを差し出した。

「え？　本当だ！　柚希のだ！　ママ～っ！　樹季くんと武蔵が、柚希の髪飾りを持ってきてくれたよ～っ」

驚きつつも、声を上げて歓喜する。

それを見ると、武蔵と顔を見合わせ、

「よかったね」

「うん！」

こちらもまたにっこりだ。

「え!?　あら、本当！　ありがとう。どこにあったの？」

声を聞きつけた柚希ママが、家の奥から現れる。

気さくな彼女も、蘭のママ友の一人だが、何せこの家の距離感だ。

蘭が生きていた頃は、お互いの家への行き来も頻繁だったことから、樹季や武蔵からすると、エリザベスの飼い主である老夫婦同様、親戚のおばさんに近い存在だ。

「武蔵がなくしたチビムニのカードを捜してたら……、えっと、庭で見つけたの」

とはいえ、さすがに樹季も「カラスに持ってきてもらった」とは言えなかった。

理由はともかく、これを言ったら士郎に怒られそうな気がして――という、生まれ持った第六感からだ。

だが、だからといって、嘘は言っていない。

自宅の庭で見つけたのは確かだ。

「え？　そうなの？　そしたら、カラスが兎田さん家に落としていったのね。これ、公園でちょっと外《はず》したときに、持っていかれたものだから」

カラスの仕業《しわざ》そのものはバレていた。

しかし、これは目撃されたカラス本人のせいであり、樹季や武蔵には関係がない。

「そ、そうだったんだ～」

戸惑いながらも、樹季は柚希ママに全力で話を合わせる。

この辺りも、大家族生活で培《つちか》われた社交性の賜物だ。

「カラス、キラキラ好きだもんね。やっぱりカードもカラスなのかな？」

しかし、ここでまたカラスと聞いて、武蔵がぼやいた。

「カードって、幼稚園で見せてくれた金のチビムニ？」

今日のことなので、柚希も武蔵のカードを見たようだ。

「うん」

「家にないなら、まだ幼稚園にあるんじゃないの？」

「えー。リュックに入れたよ？」

「そしたら、一応。幼稚園に電話をして、聞いて上げようか？　もしかしたら、入れたつもりで、落としたのかもよ」

だが、柚希と武蔵の話を聞いていた柚希ママが、にっこり笑った。

「――あ」

そう言われると、そういうこともありえるなと、武蔵も樹季もハッとして顔を見合わせる。

「お願いします！」

すかさず、樹季が頭を下げた。

このあたりは、いつも士郎の背中を見ている樹季だ。

充功やその友人たちに見せる「うふふふ～っ」とは打って変わって、礼儀正しいお願いだ。

兎田樹季――やればできる子だ。

「ちょっと待ってて。あ、柚希。上がってもらって、おやつとジュース出して上げて。一緒に食べてていいから」

「は～い」

そうして、柚希ママや柚希に促されて、樹季と武蔵はいったん家へ上げてもらった。

娘がいる家だけに、男家族の兎田家とは違い、至るところにピンク色のものや、可愛い縫いぐるみなどが置いてある。

「はい！　これ。好きなの食べて～」

柚希がキッチンからリビングへ持ってきたお皿も、にゃんにゃん柄で可愛く、そこへ並べられたプチフールも色とりどりだ。

「わ！　いっちゃん。ケーキだよ」

「美味しそう！　武蔵、先に選んでいいよ。柚希ちゃんもね」

「樹季くん、優しい〜」

一緒に出されたコップもお皿と同じにゃんにゃん柄で、むしろ颯太郎が見たら喜びそうだ。

「武蔵くん！　やっぱり幼稚園に落ちてたってよ。武蔵くんの席の下にあったって！」

するとそこへスマートフォン片手に、柚希ママが吉報《きっぽう》を知らせてきた。

「え！　本当!!」

一瞬にして、武蔵の顔が明るくなった。

プチフールの効果もあり、いつもより二倍三倍の笑顔。ついさっきまで、膝を抱えてベソベソしていたのが、嘘のようだ。

「うん。先生も見せてもらったから、覚えてるって。ちゃんと先生が預かってるから、明日お父さんに渡してもらうか、一緒にリュックに入れてもらおうね」

「はーい！　ありがとう、柚希ちゃんママ！」

これには樹季もホッとした。

「よかったね、武蔵」

「うん！」

「それで、七生くんはお昼寝？　もうすぐ、士郎くんたちも帰ってくるだろうし、小さいケーキだけど、あるだけ包んであげるから、みんなで食べてね」

「――え？」

だが、落ちて沈んで最高潮に盛り上がったところで、笑顔が固まった。

ハッとして自分たちの回りを見るも、七生がいない。

「七生……、付いてきてない⁉」

庭へ出て、わちゃわちゃしていたところまでは、確かに七生もエリザベスもいた。

しかし、樹季と武蔵の意識が髪飾りへ向いた辺りから、見た覚えがない。

というよりは、視界に入ってもいなかった。

「どうしよう！　エリザベスと一緒かな？　もしかしたら、庭から出ちゃったのかな？」

慌てて席を立つと、樹季は「ごめんなさい！」と謝りながら、玄関へ走った。

「なんですって⁉」

これには血相《けつそう》を変えて、柚希ママも追いかける。

「武蔵、行こう！」

「七生〜っ」

もはや、ケーキどころではなく、柚希と武蔵も慌てて表へ飛び出した。

すると、その瞬間――。

「樹季っっっ！　武蔵っっっ！　どこ？　何、このとっ散らかしは！」

自宅のほうから、完全にぶち切れている、士郎の声がした。

何せかつてない、足の踏み場もない散らかし方をしたのである。

あれを何も知らずに帰宅し、「ただいま～」と言って目にしたら、さすがに士郎でもこうなるだろう。

何より士郎に怒られること恐れていた武蔵は、もう真っ青だ。

「うわっ！　しろちゃんが帰ってきたよ。怒ってるよ！　いっちゃん！」

「それより今は七生だよ。士郎くん！　大変～っ」

だが、ここでも樹季は無敵だった。

確かに言われてみればそうなのだが、それにしても堂々たるものだ。

樹季が家の中へ飛び込んでいくと、奥からは士郎が飛び出してくる。

「――え？　七生がいなくなった⁉　エリザベスも！」

そうしてかち合った玄関先で、樹季は七生が消えていることをまずは伝えた。

「ごめんなさ～いっっっ」

「柚希ちゃんのところへ落とし物届けに。付いてきてると思ったの！」

武蔵は号泣、それでも樹季は経緯をきちんと説明している。

すると、一瞬にして状況を理解した士郎の手が、眼鏡のブリッジへ向かった。

今見た部屋の中、庭先、そして樹季たちの話を脳内で総合しているようだ。

「――ちょっと、待って。エリザベスも一緒にいたんだよね？」

「うん。でも、庭にいたから、お散歩に出ちゃったのかな？」

「エリザベスに限って、それはないと思うんだけど。それで、お父さんは？」

すると、これだけ騒いでいる割に、颯太郎が上から下りてこないことに気がついたのだろう。

士郎が、樹季たちに確認する。

「お仕事終わったばっかりで、寝ちゃってる」

これは、ある意味、絶望的な武蔵からの返事だった。

颯太郎は、ここ数日、仕事に追われて睡眠時間が少なかった。

その上、ここ二日間は徹夜作業だと言っていた。

それで寝落ちとなったら、多少の騒ぎでは起きないだろう。

しかし、今はそうも言っていられない。

「――それは。とにかく、先に起こそう」

士郎は、まずは颯太郎を起こして、事情を理解させることを最優先にした。

「私たち、その辺りを見てくるわね」

「すみません！　お願いします」

柚希ママは、柚希を連れて、玄関先から外へと向かってくれた。

士郎はそのまま二階へ上がり、更には三階に当たる屋根裏部屋。颯太郎の仕事部屋兼寝室へ上がるために、充功と双葉の部屋の前にある梯階段に手をかけた。

「しろちゃん！　父ちゃん、こっち。一緒に遊んでるうちに、パタッてしたから！」

だが、それさえ武蔵や樹季から「こっちこっち」と言われて、心臓がバクバクだ。

「――は!?　それって、寝たんじゃなくて、倒れたってこと!?」

「ううん。ちゃんとお布団かけたら、ありがとうって、抱っこしたから！」

「そ、そう。それは、寝たね」

こうなると、一つでも安堵できることで、胸を撫で下ろすしかない。

士郎は、自分たち三人が寝起きしている子供部屋へと足を踏み入れた。

「――あ」

「いた！」

「みんないる！」

するると、先に寝ていた颯太郎と一緒に、七生とエリザベスが寝ていた。

「くぉ～ん」

エリザベスだけは起きていたが、どうも途中で颯太郎に寝返りを打たれ、掛け布団の代わりに抱きつかれたのだろう。

その上、七生にまで背中に乗られていたので、身動きが取れなかったようだ。

騒ぎは耳に届いていたのか、だいぶ申し訳なさそうにこちらを見てくる。

「これは……」

「よかった。一緒に寝てたんだ」

「でも、いつの間に二階に来たんだろう」

だが、七生たちの無事発見に越したことはない。

「でも、よかったよ。僕、柚希ちゃんママに知らせてくるから」

士郎はすぐに、身を翻《ひるがえ》した。

「はーい！」

「あ！　あと、ちゃんと下の部屋を、元通りに片付けるんだよ‼　二人でね！」

「は、は～い」

当然、言うべきことは言うし、させることはさせる。

この時点で、樹季の全部充功に丸投げ計画は、頓挫《とんざ》した。

やはり、士郎は一枚も二枚も上手だ。

今のところ、樹季や武蔵が束《たば》になっても敵わない。

それでも――。

「樹季っっっ！　武蔵っっっ‼　この庭、何っ！」

まさか一階のみならず、庭先にまで、意味不明なゴミにしか見えない物が散乱している
とは思わなかったのだろう。

柚希ママを追いかけ、七生たちの発見を知らせ、「ならよかったわ〜」などと言われて笑顔に戻った士郎だったが、今一度ぶち切れた。

「あ！　それはその……。武蔵の宝物を捜してたら、見つからなくて。みんなが、持ってきてくれたの」

「みんな⁉」

しかも、これこそ想像もしなかった説明だ。

「エリザベスの……お友達」

「え⁉」

「だから、士郎くんからも御礼してね！　ササミのおやつをあげてね！」

「は⁉　ちょっと、逃げるなって！」

どう解釈しても、カラスや裏山の仲間たちが、困り果てた武蔵や樹季のために、これらを持ってきたのだ。

「樹季！　武蔵‼　全部、片付けろっっっ！」

どうやって彼らにピンチを伝え、また呼び寄せたのかは、士郎にだってすぐにわかる。

だが、わかったところで、感情的に理解したくないのは、樹季たちにはワンワン翻訳機などなくても、エリザベスとしっかり意思の疎通ができている。

それだけならまだしも、いつの間にかカラスや裏山の仲間たちとまで交流を⁉

——ということだ。

「ただいま～」

そうこうしている間に、玄関先から、充功の声が聞こえてきた。

「あ！　みっちゃん、お帰り！」

「待ってたの!!　これ、お願い。片付けて～」

「あ？」

待ってましたとばかりに、武蔵と樹季に捕まったのが、庭まで聞こえてくる声だけで状況がわかる。

しかも、

「なんだよ、これ！　何したんだよ、こんなに散らかしやがって。それも、あ!?　どうしたら、こんな変な散らかし方ができるんだよ！」

リビングやダイニングに足を踏み入れたのだろう。

奇妙としか言いようのない、規則性のある散らかりと、不規則な散らかりを見せられ、完全に混乱しているのが漏れ聞こえてきた。

士郎は、とりあえず立ち尽くしていた庭を一望《いちぼう》してから、ウッドデッキに腰掛ける。

「ありがとう、みっちゃん！　僕も手伝うから、一緒にお願い！」

「お、俺も！　みっちゃん、頼りにしてるから！　ねっ、ねっ！」

「あ……。お前らな……」

背後から聞こえてくる会話に、頭を抱えつつ――。

溜息なども漏らしながら、今一度。庭に散らかる、これはこれで貢ぎ物なのだろう、宝物を見渡した。

「――なんにしても、あとでじっくり聞くか。樹季たちにも、エリザベスにも」

また、そんなことをぼやいていると、頭上をカラスが飛んでいった。

様子が気になっていたのか、

「にゃん」

と、茶トラも顔を出す。

長い尾っぽを一振りしながら、ひょいっと士郎の膝の上へ乗ってきた。

「どうせなら、君からも事情聴取ができるようになりたいな」

「みゃ」

士郎は、茶トラの頭をなでながらニコリと笑った。

こうなったら、どこから片付けるのがもっとも効率がいいのかも、考え始めた。


そして、結果的には一家総出での片付けとなった、その日の夕食後――。

「ところで樹季、武蔵。僕の虫眼鏡を使った？」

「え!?」

「虫眼鏡？」

ようやく安堵したはずの樹季と武蔵だったが、今一度顔が青ざめることになった。

（え!?　どうしよう……。どこに置いたのか、わからない。今度は僕が、士郎くんの虫眼鏡をなくしちゃったよ～っっっ）

特に樹季の挙動不審《きょどうふしん》は、武蔵のそれとは比べものにならず。

「樹季。ちょっとおいで」

（ひっっっっっ!!）

おいでおいでをする士郎から、極上な笑顔を向けられることになった。

コスミック文庫α

大家族四男6

兎田士郎《とだしろう》のわちゃわちゃ少年探偵団《しょうねんたんていだん》

【著者】　日向唯稀《ひゅうがゆき》／兎田颯太郎《とだそうたろう》

【発行人】　杉原葉子

【発行】　株式会社コスミック出版
〒154-0002　東京都世田谷区下馬 6-15-4

【お問い合わせ】　一営業部一　TEL 03(5432)7084　FAX 03(5432)7088
一編集部一　TEL 03(5432)7086　FAX 03(5432)7090

【ホームページ】　http://www.cosmicpub.com/

【振替口座】　00110-8-611382

【印刷／製本】　中央精版印刷株式会社

ISBN978-4-7747-6144-2 C0193

コスミック文庫α《アルファ》好評既刊

ぽっちゃり悪徳令嬢に、配役されました！

亜坂たかみ

貧しい女子高生の木村優香のささやかな楽しみは寝る前に図書室で借りてきたライトノベルを読むこと。とくに今、はまっている『王子様からプロポーズされる日』は最高におもしろかった。

しかし、そのヒロイン・シャーロットが王子に恋をして公爵令嬢クレメンティーナの意地悪にも負けず、王子とハッピーエンド寸前まで読み進んだとき、優香は急速にどす黒い渦の中に巻き込まれてしまう。目を覚ますと優香は悪徳令嬢クレメンティーナに転生していて——!?

転生したのはふくよかな悪徳令嬢。綺麗になって見返してやる!!